年輕是這個世界最大的既得利益者

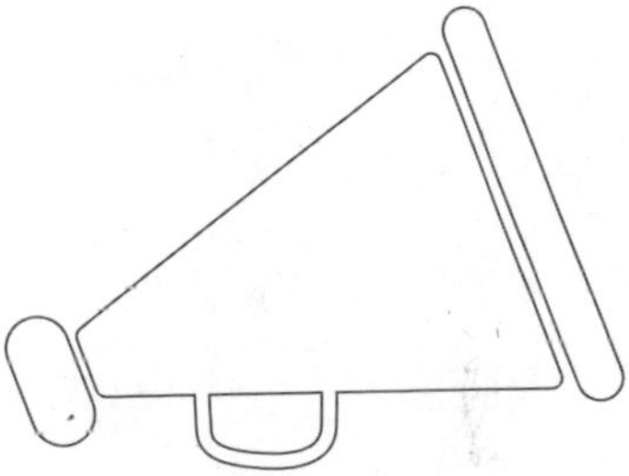

孫宇晨

BRAVE
NEW
WORLD

無論你是否願意
這個世界從來都比你想像的要殘酷
但也比你想像的要溫柔

自序
十年之約

孫宇晨

其實十年前，也就是二〇〇七年，我就有機會出一本書。那年我獲得了「第九屆新概念作文大賽」的一等獎，對於每個一等獎得主，《萌芽》雜誌社都願意提供一個機會讓他出書。

出版一部自己的作品，一直是我的一大夢想。出書本身，就已足夠重要。

與絕大多數人對出書的看法不同，他們將出版作品本身看作是一件單純的作品。甚至羅蘭·巴特曾經認為：作品與作者本身沒有任何關係，作者確實是作品之母，但是當作品出版之後，它便脫離作者，成為一個獨立成長、獨立被解讀、獨立延伸的個體，與作者不再有任何關係了。

但至少在我的第一本書出版時，我很難將這部作品與自身切割開來。在我看來，這本書，就是我個人單純的自我表達。

一個人，向整個世界自我表達的出口。

一個人，與整個世界對話溝通的出口。

一個人，向整個世界傳遞觀念的出口。

觀念即人。

既然是自我表達、傳遞觀念，那就必須是真誠、負責、審慎的。我需要去整理我的生命、經歷、觀念，然後將這種判斷完整地表達出來。

觀念即人，但二〇〇七年那個十六歲的我卻尚未成人，缺乏勇氣向這個世界表達自己。我缺乏自信，甚至當出書這個念頭閃過腦海時，會讓我感到一絲恐懼。

我並不是一座源泉，一座源源不斷提供能量的源泉，我更像花火，一朵爆裂而速朽的花火。

從那時起，我就開始準備我的第一部作品。對，就是你現在拿在手中的這部作品。這個準備過程，已經遠遠超過了我的寫作意圖與文字本身。我的整個人生、整個奮鬥、整套思維的躍遷，都在為這本書準備著。

這十年，我高三逆襲，從不怎麼樣的成績到北大高分，入學、畢業，與觀念擁抱又決裂。

這十年，我出國赴美，歸國創業，與朋友分開又重逢。

這十年，我讀書、競選、投資、創業，實現個人一百萬、一千萬、一億三個小目標，與社會衝撞又言和。

經歷無數成功、進步、勝利，承擔無數打擊、挫折、失敗後，我漸漸成長，最終形成了我個人的堅硬、清晰、有稜有角的價值觀。

我堅信自我的力量，我永遠都不會為他人而活，也從不要求他人為我而活。

我相信奮鬥的力量，相信靠個人奮鬥獲得成功、突破階層制度，是這個世界上最體面、最值得驕傲的事情。

我相信財富的力量，財富自由是實現人格自由獨立的先決條件，財富是改變世界最善良的力量。改變世界，從賺到一分錢開始。

我主張三十歲前，不買房不買車不結婚，共享經濟，將絕大多數的時間、金錢、精力都投入到自我提升、個人成長、靈魂自由中。

我堅信，這些在我們這代人當中稀有、少數派的觀念，將在十年、二十年後，成為絕大多數人的主流生活觀念。

我也堅信，我們將隨著觀念持續成長，漸漸成為一個擁有自由人格、能獨立思考、勇於承擔責任、在重大歷史變革中可以被依靠的人。

我們可以自信地說，當歷史的洪流襲來時，捲走了所有人，但它捲不走我。

我們再也不必把信仰寄託於強大的秩序與力量，我們能從自身的內心獲得安寧與平靜。

這部作品，由我的經歷、我的價值、我的觀念、我的生命組成。它就是我。

十月懷胎，便可成軀，十年沖刷，最終成人。

到了今天，我終於放心地說出：

「十年之約，我準備好了。」

瞭解我，打開我，走進一個新世界。

你準備好了嗎？

目錄

PART 1

主動選擇，才能接近夢想

PART 2

做從未來看正確的事

PART 4

年輕新文明宣言

PART 3 All in 一個波瀾壯闊的事業

PART 5 我在財富自由的路上等著你

我們要做的，
就是不讓我們面對的殘酷現實
去影響世界對我們的溫柔。

PART

❶

主動選擇，才能接近夢想

不叛逆，就不曾擁有青春

如果年輕時不曾叛逆，就不曾擁有青春，
但如果隨著成長沒有學會和解，就無法接近夢想。

→12

曾有記者問我，為什麼我在高中和大學以叛逆的形象示人，不想考大學、與老師作對、與北大校方爭辯，如今卻融入主流社會，成為一個創業者，身體力行地實踐「大眾創業、萬眾創新」的號召？他不能理解我的轉變。

類似的疑問也發生在八〇後精神領袖韓寒的身上。他之前自顧自地寫作、不接受採訪、不接廣告，如今拍電影、當代言人、創辦APP，逐漸融入了他曾不屑的商業社會，與過往的形象相去甚遠。是時代變了？還是我們這樣的人背叛了自己所堅守的東西呢？

☀ 叛逆是卓越的象徵

叛逆代表著自我意識，而自我意識的覺醒，表示一個人開始慢慢成年。

我們經常說，年輕人比較叛逆，但其實學生的叛逆並不是一個普遍現象。叛逆之心很多人都會有，然而真正實行叛逆行動的人只有極少數。

一個人願意把他的叛逆展現出來，這個行為本身就已經足夠反映他的勇氣。現在的輿論誇大了年輕人叛逆的現象，反而忽略了傳統家庭環境下，父母對孩子、老師對學生、社會對年輕人全方位三百六十度的圍剿。

在這種環境下，年輕人很難表現出叛逆。某些強調高升學率的私立高中，學生從早上五點半起床到晚上十點十分睡覺，中間的時間被切割成數十個不同主題。有的主題只有四到十分鐘的時間，全程處於老師和學校的監控之下。這在某種程度上可稱為軍事化甚至是集中營式的管理，怎麼還會有人反抗？一個學生，特別是中學生，在如此的環境下產生了叛逆的想法，他就可能會嚮往自由，開始產生自由選擇，承受自由選擇而帶來的代價。

我的叛逆或者說自我覺醒是從九歲去武漢學圍棋開始的。因為從那時起，我脫離了父母的安排。但這種獨立或者叛逆是不徹底的，因為我雖然離開了父母，但經濟上還完全依賴於父母。直到二十三歲為止，我的自由都是痛苦和脆弱的。大多數人都有這樣的經歷，雖然意識上已經開始叛逆和獨立，但由於經濟上被掌控，這種叛逆隨時可能被撲滅。這個階段其實是成年的最初階段，我們要成為一個成年人，在這個階段形成的世界觀、價值觀會影響我們一生。

大家低估了整個教育、環境、價值體系對於年輕人的壓迫。在這個體系裡面，絕大多數年輕人都是敢怒不敢言的，叛逆和獨立不能完全顯現出來。但是，如果一個年輕人比較叛逆，也願意把這種叛逆顯現出來，這件事情本身就是他日後卓越的表現。

無論是哪個領域的先行者，所謂成大事，就是要在一個領域中重新制定規則，而不是墨守成規。換句話說，要成為一個行業的領軍者，重新去改變行業，需要有敢於衝破規則的勇氣和方法，這在大多數遵守規則的人看來，自然是叛逆的。而乖乖女乖乖男沒辦法創業，因為他們想的是如何服從規則。

成為卓越者本身就需要勇於叛逆的品質，敢於挑戰規則，挑戰權威，建立新的規則。叛逆本身就是邁向卓越的一個重要門檻。

我以前寫過一篇文章叫〈北大，給中國留下一點偏激的種子吧〉，就是想說明，年輕人有一些叛逆偏激是件好事，因為制定規則的卓越者都是叛逆於既有規則的存在，比如我的老師馬雲。大家都知道，他學歷一般，長得也不算英俊，年輕時候找工作都很困難，二十五個人到肯德基應徵，錄取了二十四個，唯獨沒留下他。他如果順從應該怎麼樣？去整容？再努力考個碩士？那或許是一種選擇，但他卻選擇了叛逆。他的絕頂聰明和不懈努力，讓他成了一個可以制定行業規則的人。這種人才只能領導別人，不能被別人領導，所以他就做了當時在大家看來離經叛道的事情——創業。如果看當時他講話的影片，會覺得這是個直銷分子。但堅持到今天，結果怎樣，大家都有目共睹。

叛逆，對於一代年輕人來說是天性，如同吃飯睡覺一樣；是本能，既無須惶恐，也不需被教授。相反地，不叛逆，才是非常異端的。

☀ 和解並不是對過去的背叛

叛逆的人在初期往往會有一個誤解，那就是討厭和解。因為在叛逆者看來，所謂和解，是對他所堅守的價值觀的背叛。但和解是非常重要的，因為叛逆是年輕時的突出表現，而人在年輕的時候，也是能力、資源等等都不盡人意的時候，這時取得階段性的成果，並鞏固階段性的成果就尤為重要。否則就會魚死網破，兩敗俱傷。

和解的藝術，往往就是取得階段性成果的藝術。我最愛看的美劇《權力的遊戲》（Game of Thrones）有這樣一個場景：兩個國家發生衝突，大臣勸國王要和解，不要戰爭，國王不解，就問他：「對方可是我們的敵人，你怎麼居然主張和解呢？」大臣回答：「我們只和我們的敵人和解。」這話的言下之意就是，我們之所以和對方和解，就是因為我們知道彼此有分歧，如果對方是我們的戰友和家人，沒有分歧，那何必和解呢？所以和解並非是對原來堅持的價值觀的背叛，反而是分歧和叛逆的表現。正因為有分歧，才會叛逆。

因此和解並不是背叛了自己以前堅持的東西，而是鞏固了叛逆的階段性成果。

我在高二的時候很叛逆，不想考大學，成績非常差。當我意識到問題所在以及考上大學可以改變命運的重要性之後，我在高三整整一年都處於和解態勢，跳入了應試教育的洪流。對我來說，如果不是因為叛逆精神，我就不可能參加「新概念作文大賽」，還得了一等獎。而另一個層面上，如果沒有一定程度的妥協和解，我就不會去參加大學考試，也就不可能去北大讀書。和解與叛逆在不停地互補，叛逆是我們制定規則、活出自我的開始，而和解才能鞏固成果。

☀ 守住底線

叛逆本身已經證明了基本態度，和解是讓對方進行讓步之後再達成共識。而達成的和解要與自我的堅持是一貫和一致的，不能前後不一，說變就變。假設一個人一直以來追求經濟獨立和個人獨立，就不能在遇到一點點困難時，就向父母求救，這樣只會將已經達成的和解破壞，而之後也就喪失了叛逆的資格。

要在策略上選擇性地平衡權利和義務。對於博弈中的任何一方來說，都希望獲得更大的權利而承擔更少的義務，這是自然的想法。追求經濟與個人的獨立，對於父母來說，好處是孩子經濟方面的不斷獨立，就可以讓父母本身盡量少承擔，包括撫養孩子以及其他輿論壓力所給予的義務，諸如買房子、找工作等等，如果這樣去談判，父母往往也願意減少甚至不再控制孩子，最終達成和解。權利和義務本來就是一把雙面刃，好好利用這把劍，是達成和解的重要手段。

也要注意和解當中的底線。和解不是投降、不是認輸，因為投降和認輸是被打敗，任何東西都會被拿走，堅持的底線、所累積的成果被一筆勾銷。換句話說，投降和認輸是沒有底線的。而和解是有底線的，有步驟控制的。底線是達成和解的前提，是打出條件來的。當然，沒有實力地空守底線沒有任何意義，和解的另一個重要前提是具有一定程度的實力，對方認可你的實力，才有和解的可能和條件。

每一次和解，都要思索這次和解的底線是否能夠成為下次和解的條件，為下一次的推進鋪路。因為人生之路很長，每做成一件事的代價很大，任何事情都不能一蹴而就。要看到整個過程，到某個節點達成和解，這樣才有可能一步步完成我們希望的目標。

一個人，如果年輕時不曾叛逆，就不曾擁有青春，但如果隨著成長沒有學會和解，就無法接近夢想。

這是最殘酷的時代，只要稍稍懈怠一點，就會前功盡棄。
這是最溫柔的時代，只要稍稍堅持一下，就會脫穎而出。

快樂起來，找到自己的城市

田野與樹木沒有給我一點教益，
而城市的人們卻賜給我頗多的教益。
——蘇格拉底

→ 22

某種程度上，我是個身世複雜的人。祖籍是山東青島，出生在青海西寧，成長在廣東惠州。儘管在其中的任何一個地方我都生活得很快樂，但從很小的時候，我就有一種感覺，自己的未來應該屬於另外一個地方。這種感覺始終縈繞著我，雖然我不知道她的位置，她的樣貌，她的性格，可是我知道，我終究會走向她。

對於一個年輕人來說，沒有什麼是應該被固定的。一個年輕人的一切都應當被重新選擇，包括他的城市、他的母語、他的身分與前途、他深愛的一切。

二〇〇七年二月，我拿到了第九屆「新概念作文大賽」的複賽資格，到上海參加複賽。當第一次看到外灘的時候，十七歲的我被眼前洋溢著文藝復興氣質的「東方華爾街」深深震撼了。

這地標傳遞的價值主張與百年文化的底蘊，與當時我接受的千篇一律的普通中國四線城市的審美觀大相徑庭，對我的衝擊是劇烈的、粉碎式的。眼望著華燈璀璨的滙豐銀行、怡和洋行、外灘華爾道夫酒店和混雜著英國古典式與希臘式的外灘夜景，我暗暗下定決心：這樣的城市才是我的城市，我這一生註定屬於這樣的地方，我的一生註定不會平庸。

十七歲拿到了「新概念作文大賽」一等獎，我使下決心開始努力，一年時間完成了從不怎麼樣的成績到北大高分的逆襲，真的成為北大的一員。整整一年時間，除了我自己，沒人知道我經歷了什麼，別人的不解、嘲笑，自己的迷茫、灰心，考好時的喜悅，考差時的絕望，還好，我都挺了過來。考上北大再到北京，心態是不同的。那個時候北京之於我，是我的城市，我擁有它。

這一刻開始，我逐漸明白了我認同北京的原因。北京是我人生第一次擁有了主觀的選擇能力後選定的城市，如同少年時代的我選擇了北大作為自己度過四年重要時光的地方。

北京就是我的精神家園。這與我對青海、山東、惠州的認同不一樣，青海是我出生的地方，山東是我的祖籍，惠州是我生長的地方，但這些地方都不是我的選擇。北京才是第一個我主動選擇的城市，為此我冒了險，付出了代價，拼了命。這種感覺就像青海、山東、惠州都是我的家鄉，是我的母親；而北京，則像是我的妻子，是我生命中擁有自由選擇後的第一個女人。

於是，我來了，看到一切，征服一切。

當火車緩緩駛入北京，我看到車軌兩邊一排排典型的防護林，我心裡冒出一個聲音——北京，我來了。這個城市被層層包裹著，而我撕開了一個缺口，將要逐漸融入它，成為這裡的一部分。我突然意識到，這個城市也許會因我而不同。雖然那時候我只是個家境普通的小鎮青年，但是我來到了北大，這裡濃縮了全中國最好的資源，我開始有希望去看到更多、學到更多、得到更多，甚至改變更多。

對於一個人來說，是否成年並不是身分證上的一個日期就能夠證明的。傳統觀念裡，好像只要過了某個時間點，比如十八歲、三十歲，人就會自動由未成年進階到成年，這當然是不合邏輯的。人的變化是主動和主觀的，不會隨著時間自然發生。一個人的成年不在於年齡有多大，而在於第一次做出主觀的選擇，並願意承受這個選擇所帶來的代價。人要學會主動選擇並承擔責任，即使失敗了，也是高貴的。

在我從小到大的同學裡，很多人的學校、工作、婚姻都是父母決定的，甚至要不要孩子，什麼時候要孩子，孩子上哪個幼稚園都由父母決定。前段時間，我的一個高中同學打電話給我，說他活得很痛苦。學生時代我們一起讀書，高中以後，我來到北大，他留在惠州。上惠州的大學、考取公務員到最後跟不喜歡的女孩了結婚，這一切都由父母決定，他不怎麼情願卻也無能為力。電話那頭的他聲音很疲憊，透著無奈。在我看來，雖然已經二十七歲了，但他仍然是個孩子。他從沒有自己選擇過、決定過。當決定留在惠州的那一刻開始，他就註定了受制於人。

十七歲的時候，當我決定考上北大，不在意旁人的誤解、嘲弄，甘願開始地獄式的複習備考，所有的委屈和壓力都只能由我自己承受的時候，我真正完成了自己的成人禮。

主動選擇，甘願承受，未來才會屬於自己。

北京這座城市究竟帶給我什麼呢？這個問題複雜而又簡單。

只有來到北京，才能念北大，雖然這是一句廢話，但至少說明一個道理，是這個城市，孕育了北大。所以，我首先要來到這個屬於我的城市，故事才會繼續。

在這裡，我見到了更多優秀而又努力的人，如果不是他們，我不會逼迫自己更加努力，以年級第一的成績畢業；如果不在北大，我也沒有機會見到像錢理群教授這樣的大家，面對面地跟他交流我自己的想法、感悟和困惑，更沒有機會在他的鼓勵之下深刻地領會到「史外無學」的真諦，進而從中文系轉到歷史系，以歷史的視野和觀點指導自己的創業和人生。

我知道，大城市才是屬於我的城市，只有去那裡，我才會真正快樂。所以我決定狂修學分，提前一年畢業去美國，去見識更廣闊的世界，更瑰麗的風景，讓自己更加強大地回到北京。

由於時間倉促，在不到一年的時間裡壓在我頭上的有畢業論文、在《南方週末》的實習、申請學校的自傳（Personal Statement）、托福考試、GRE■[1]考試這「五座大山」。雖然，在我自己決定出國時，英語四六級考試■[2]成績也只有四百多分的水準，而我運氣「好」到遇見了GRE歷史上唯一一次取消考試成績，不得已又考了一次為避嫌而出的「從難、從嚴」的GRE考試題目。

有很多人臨陣畏縮，脫逃了第二次的GRE考試，還有很多人奉勸我再多複習一年：何必那麼衝動，再穩妥些，申請到哈佛大學的機率會高一些。我堅持了自己的選擇，雖然最終錄取我的不是哈佛，而是賓夕法尼大學。我承認，很多北大人都有一個哈佛夢，我也有。但是因為準備得不充分和客觀的意外，我喪失了去哈佛的可能性，我也不甘過、失望過，也不是沒有想過推翻一切重來，因為夢想畢竟在那裡。

但是，我都正面「扛」下來了，因為我知道，北京給了我這樣的機會，不是讓我猶豫、徘徊、止步不前的，我必須抓住這座城市給我的一切，而且只能早，不能晚。

■

1／GRE：Graduate Record Examinations，是由非營利教育測試和評估組織「美國教育測驗服務社（ETS）」主辦的標準化考試，用來測驗大學畢業生的知識技能掌握情況。在很多英語國家特別是美國，GRE成績被作為研究生錄取的標準之一。

2／英語四六級考試：中國針對大學生所舉辦的英語考試，對大學生的實際英語能力進行客觀、準確的測驗。教育部規定四六級考試不設定及格標準，但四級425分以上可以報考六級，所以大家普遍認為四六級的及格標準為425分。英語四六級的總分為710分。

早一年去美國，比晚一年去哈佛更重要。一年後，我已經是在美國常春藤盟校讀了一年的碩士研究生，而不是一個初到美國的人。

見識不同了，一切都不一樣了。

這是北京帶給我的，是我親身經歷到的。因為選擇了這個城市，一切都改變了，所以我希望每一個如我一樣的年輕人都能夠走在這樣的一條道路上。雖然我知道這並不容易。

有一個聽我節目的女孩子，畢業後去了上海，月入一萬元左右■[3]。但之後因為父母身體狀況不好而回到東北，每天工作十小時以上，收入卻只有三千元左右。目前父母身體好轉，她依然想回到上海，但手頭卻沒有足夠的積蓄讓她再次回到大城市，她一時之間不知所措。

如她一樣的年輕人很多，做出決定之前要確認的是：一定要回到大城市，回到上海。清楚這一點之後，其他的問題都可以得到解決。父母的身體經過醫院的治療和後期的調理，已經好轉，那麼已經去除了最大的後顧之憂。至於錢的問題，這不難解決，可以先跟好友借一些，也可以到專業的金融服務機構借貸一部分。她還需要注意日常開源節流，透過合租的方式降低房租，適當降低自己的物質需求，用一個較長的時間區段來消化可控制的債務。對於年輕人來說，沒有什麼苦日子是過不了的，就像我當時不僅有「五座大山」的重壓，而且一個月生活費不到一千元，依然「扛」了過來。回頭去想，那反而是最充實、最有收穫的一段時間。更重要的是，這段苦日子，讓我重新以一個更強的自我回到了北京，從一個只想著省錢的人，變成既能將就，又能講究，而且格局和能力都提升了不少的新青年。

大城市意味著機會，回到小城市意味著陷落。不要害怕大城市的壓力和競爭，這只會讓你變得更強，讓你更接近真正的自己。這個女孩子意識到自己不能陷落下去，已經完成了思想上的「成人禮」，我相信再次回到上海的她，將更有能量。

如果說有所謂的「既得利益者」，那麼北上廣深杭■[4]就是既得利益城市。這些大城市是一個巨大的混沌母體，孕育著這個國家最多的機會，釋放著這個社會最多的變化，包容著這個時代最多的錯誤。年輕的時候，我們有衝勁、有動力、有願望，也許

■

3／幣值：本書所提到的幣值皆為人民幣。人民幣與新臺幣匯率約為1：4.5。

4／北上廣深杭：北京、上海、廣州、深圳、杭州，中國的一線城市，經濟發展、建設與國際影響力觀皆名列前茅。

很容易失敗。不過這不重要，自己的城市，就像是自己的妻子一樣，她能夠理解你的苦衷、不甘和哀怨，她會給你重新來過的機會。苦一些有什麼呢？她會陪著你一起往前走。

留在大城市，失敗也能從頭再來；回到小城市，一切永遠就此終結。

在別人的宮殿中錦衣玉食，也索然無味，因為自己的命運由他人掌控，即便擁有一切也可能一朝化為灰燼。而在自己的城市裡，苦難只是一時，快樂將會永存。

→30

我為什麼從不找一份穩定的工作

別再說一個字，也別辯駁，在成功之前強調自尊沒有任何意義。

二〇一四年初春，從美國留學回國創業的我獨自一人帶著 Business Plan（商業計畫書），擠著地鐵去國貿三期[1]見一個投資人。這是我投資人名單上第三十一個名字，我給名單上的前三十個投資人發了ＢＰ，但是沒一個人願意見我。於我而言，有人對我的想法感興趣這已經是一個不小的進步了。

只要在北京早晚交通高峰時段擠過地鐵，看過早晨八點北京1號線西單站換乘的「喪心病狂」情景，任何一個對生活曾經躊躇滿志、意氣風發、充滿美好幻想的人，都將重新評估這個世界的殘酷。

擠著這樣的地鐵到達國貿，飄進投資人辦公室，費盡心機絞盡腦汁地介紹專案。可才說了不到十分鐘，投資人突然向我拋出一個問題：「你學歷不錯，一路讀的也是名校，為什麼不去找一份穩定的工作呢？」

訂製的套裝，精緻的妝容，表面的禮貌掩蓋不住傲慢的態度，這一切陌生而又熟悉。

這句話讓我意識到投資人根本沒有仔細聽我的專案陳述，只是本能地不相信我的話，甚至想對我進行道德教化。我意識到花費了整個上午的時間來這裡完全是一個錯誤，我寧願在昏暗的老房裡多睡一會也不應該來這個金碧輝煌的地方受罪。

再說下去就是丟人了。「別再說一個字，也別辯駁，在成功之前強調自尊沒有任

→ 32

何意義。」我對自己說。收拾好資料，道別之後，我默默離開了那棟大廈。

在回來的地鐵上，我在想，一份穩定的工作，從來就不是我的選項，我也從未想過這種可能性。一方面，我就是傳說中放蕩不羈愛自由的人，另一方面，我與那群喜歡穩定的人氣場不合，在穩定狀態的環境裡我就渾身不舒服，活不下去。

我只是想按照自己的意願活下去而已。

之前我也曾和一群喜歡穩定的人混在一起。大學時，我做過一份翻譯的兼職，工作內容很簡單，就是幫出版機構翻譯一些學術著作，然後拿到一些非常微薄的報酬，每千字幾十塊錢。

久做這個職業的人，基本生活態度都是非常惡劣的。大量的翻譯都用「谷歌翻譯」投機取巧，甚至有人為了省事，連基本的校對都不做。出版社的要求也很低，很多著作後期的翻譯簡直上是慘不忍睹，我甚至看過中文比英文更難讀懂的譯著。

■

1／國貿三期：位於北京市中心的知名貿易大樓，是許多企業、銀行、金融機構等在北京設辦的首選之地。

但是誰在意呢？報酬按字數給錢，翻譯得越快、字數越多，便能拿到更多的錢。而且翻譯者也不認識他們的讀者，絕大多數人的態度就是敷衍過關，加快速度交稿了事，根本不在意出版品質，不在意給讀者帶來的麻煩、誤導、偏差。很少有人理會翻譯的職業尊嚴，理會你在翻譯時的糾結痛苦。你漸漸發現譯好譯壞都一樣，完全沒有任何差別；也沒人理會認真、努力、天賦的價值。一個認真的人待在這個環境裡會覺得尷尬，而一個混吃等死、喜歡穩定的人則如同找到了家。

當時，我埋頭翻譯。聽到《歡樂頌》[2]裡提到過的這類職場老油條們的討論，他們成天討論的夢想就是何時能夠混入一個更穩定、對工作品質要求更低、對行業尊嚴更不在乎的行業；他們想得最多的事情就是如何能在此基礎上，再偷一點工再減一點料再輕鬆一點，沒有最懶，只有更懶；他們最大的興趣就是打擊那些認為自己能夠改變什麼、能夠有所作為、能夠認真對待工作的新人。

這群人在我很年輕的時候，就告訴了我「穩定」的定義。「穩定」就是對工作面如死灰，端水泡茶看報，燃燒的熱血已成灰燼，做得好做不好無所謂，任何心動都像一場尷尬的玩笑。「穩定」就是讓認真努力的人像個傻子，而得過且過敷衍了事的人彷彿是提前洞悉真理的先知。「穩定」就是這個世界不再需要你，任何一個人都能替

→ 34

代你，你沒有任何價值，卻能夠好吃懶做地逃脫懲罰。

如果說，這適合養老，我覺得這是對老年人的侮辱。

如果說，這適合女性，我覺得這是對女性的侮辱。

如果說，這適合我，不如直接把我推進醫院的太平間。

很快我就辭去了這份兼職，開始了我顛沛流離、前路迷茫、缺乏穩定、缺乏安逸的自虐生活。

但是我感覺，太爽了。

我執意要提前從北大畢業，一年時間內把兩年課程全部修完，寫了兩篇畢業論文，把GRE、托福全都考了，寫了自傳，把畢業論文翻譯成英文當成Writing Sample（寫作範例），申請了美國的學校，拿到了錄取通知書，到臺灣的清華大學待了三個月，然後搭著飛機去了美國。

2／歡樂頌：知名中國電視連續劇。全劇圍繞著五位住進歡樂頌小區22樓的女性，描述她們各自的過往、現在的工作和生活，以及彼此間發生交集和一波三折的故事。

其實這過程中我幾次難過得想放棄，中途遇到GRE破天荒歷史上第一次取消所有考生成績時，走投無路的我差點就立刻放棄。

在複習英語考試期間還穿插著高強度的必修課與畢業論文，一天即便學習二十個小時都無法做完所有事情時，我幾次壓力大得想認輸延期畢業。

當第一次托福考試成績低得嚇死人，畢業論文初稿被導師打回來重寫，課程考試複習感覺像在聽天書的時候，我極度懷疑自己是不是不知輕重過了頭。

但是我最終撐了下來，支撐我的唯一信念，就是我再也不要回到那個混吃等死、無所事事的環境裡了。

我大學開始創業，拉著為了理想可以不發薪資的三十多人小團隊拍了兩年視頻，幸好我的這次嘗試算是成功，視頻點擊量突破了一千萬，粉絲突破了十萬人。

那一次創業也艱難得讓我幾度試圖放棄，因為根本賺不到任何錢，我也沒辦法向團隊的三十多個人交代。唯一支撐我的是一個非常模糊的信念：如果折騰下去，肯定會有好的出路吧！

我研究生時期開始學習投資，透過投資特斯拉、比特幣，賺到了第一桶金，從此踏上一條創業的不歸路。

說實話，當我剛剛瞭解特斯拉、比特幣時，在這些全新的概念面前我全是懵懂的，但我不得不拼盡全力去瞭解它們。因為我知道這些焦慮、痛苦、難過象徵著成長，象徵著進步。投資期間特斯拉股票、比特幣幾次大跌，差點讓我傾家蕩產，從此我也知道無論多有信心的投資，槓桿也不宜太深。

終於，我邁出了自己極度不知死活的最後一步——回國創業。現在，我回國傳播了「價值網路」的概念，這個概念在二〇一六年變成了更好玩的區塊鏈■[3]。我有了一個千萬使用者的語音直播平臺——「陪我」APP，有一個數萬人喜愛並付費的「喜馬拉雅」專欄節目——《財富自由革命之路》。

但我從來都沒有忘記過，我們公司帳上的現金耗盡，我不得不倒貼四百萬來拯救公司的生死存亡；也沒有忘記過，正如文章開頭，我被無數奇葩投資人勸退的經歷；更沒有忘記過，我是從一個個崩潰的夜晚、一個個生死存亡的時刻熬過來的。

只是這一次，無論是多困難的時刻，我都沒有再想過放棄。

■

3／區塊鏈：Blockchain，一種網路錢包技術，幾乎沒有交易成本，以簡單而聰明的方式將交易資訊安全地從甲地傳到乙地，並且無法被竄改。

因為我知道創業、冒險、競爭，這都是我自己做出的選擇，我從來都沒有想過再找一份穩定的工作。痛苦、煎熬、焦慮就是我的宿命，因此而獲得進步、成長、飛躍，也是我應得的。

因為我知道，真正的穩定是不存在的，即便是美國標準普爾500指數[4]顯示的全世界最優秀的公司，五十年後可能都會換掉90％。我有信心讓自己五十年內不斷挑戰自我變得更優秀，卻不相信一個企業能在五十年中，比我更能抗拒風險。二十世紀九〇年代裁員潮起之時，成為時代犧牲品的，都是那些企圖躲避於企業羽翼之下的「明白人」。我知道，除了你自己，沒有人能掌握你的命運。

有些鳥兒是註定不會被關在牢籠裡的，因為牠們的每片羽翼上都沾滿了自由的光輝。

是的，我寧願選擇死於自由覓食的荒野，也不願苟活於鳥籠的安逸。

這就是我的選擇。

4／美國標準普爾500指數：Standard & Poor's 500（S&P 500），一個由１９５７年起記錄美國股市的平均記錄，觀察範圍為美國的500家上市公司，標準普爾中的公司都是全美最高金額買賣的500隻股票。

與這個世界的父母談談

父母與子女的關係，本質只是人與人感情的一種。既然是人的感情，那麼就有好有壞。我們不可能跟每個人的關係都很好，而且還可能有很多敵人。

在新創公司，加班是很正常的現象。工作之餘，我們也會在夜深人靜的時候談點人生理想。

一次加班到後半夜，一個同齡的同事問我：「宇晨，父母一直在干涉我的生活，我現在喜歡一個女孩子，但是父母覺得她身高太矮了，以後對後代不好，不讓我們結婚，我該怎麼辦？如何才能獲得獨立？」

我的答案很乾脆——獨立從來都無須獲得，而是一種既定事實，人人生而獨立。對這個同事來說，如果不依賴父母金錢輸血，自己經濟獨立，獨自一人居住，那麼獨立本身就是既定事實，無須獲得。

☀ 父母與子女之間不存在「兜底」關係

有一句形容男女關係的話，叫作「無愛，無傷害」。我們身邊經常出現父母和子女之間以「愛」的名義相互傷害得死去活來的例子，其本質就是兜底關係。

兜底是什麼？就是無論一個人爛到什麼程度，作為他的父母或者子女，都照單全收。

子女不應當給父母兜底，父母也不應當給子女提供兜底。往往在我們生活中，由於父母與子女之間出現了兜底的暗示，但最後卻無法兜底，對方無法接受隨之而來的巨大落差，最終只會釀成無可挽回的悲劇。

之前有個新聞，有個年輕人準備結婚，父母湊錢給他買婚房，但是年輕人覺得房子面積太小，出了售屋接待處的大門就開始跟父母吵架，甚至毆打自己的父母，最後居然是旁邊圍觀的群眾實在看不下去了，把這個年輕人打了一頓，報了警。而他的父母即使挨了打，也沒想過要報警。

想來也是父母給了這個年輕人購買大婚房的期望，最後因為各種各樣的原因落空了。所以兜底不成帶來的巨大落差導致了關係的撕裂，甚至導致親人之間的肉體傷害。

我不會選擇為孩子兜底，也不會因為我是他的父親而去掌控他。我現在二十七歲，未來十年很可能會有自己的孩子，對我來說，撫養他是我的義務，因為他並沒有選擇來到這個世界，是我把他強行帶到這多災多難的人世間，所以我必須撫養他長大成人。但要注意的是，我不會以撫養他成人為由要脅他，甚至去控制他的人生。因為他也是一個獨立的個體。我是我，他是他，我撫養他是我的義務，但他並沒有義務只能順著我，只能任由我的擺布。

人就是人，不是掛線的木偶。

☀ 承擔是選擇的另一個含義

好的父母將子女視為一個平等的人來對待。沒有一般華人傳統家長的傲慢。在我很小的時候，父母就把我當成一個自我的個體來對待，對他們來說，我的意見很重要。

九歲的時候，我看《家庭》雜誌的專訪裡寫了天才圍棋少年常昊的故事，我覺得學圍棋很拉風，就告訴了父母。媽媽聽到就當真了，打電話到雜誌社詢問這家位於武漢的圍棋學校。得知「棋聖」聶衛平是名譽校長，再次徵詢我的意見後，便送我去了那所學校。

我的父母很少設限我、指導我的人生，而是支持我去付出代價，並且為此承受。九歲的我，來到完全陌生的武漢時，就註定了我一生的冒險。即便在夏天熱得頭暈，冬天沒有暖氣瑟瑟發抖；即便我不適應學生餐廳裡的飯菜，一天也吃不了一頓；即便在教練訓斥後我無人訴說，只能蒙在被子裡偷偷哭一夜；即便我羡慕其他孩子有家長來送食物，而我卻只能孤零零地看著校門；即便我真的想念父母……但我的父母依然告訴我：你是一個獨立的人，我們可以像朋友一樣幫助你，傾聽你的意見，但當你做出了選擇，即使今天回來哭訴，那也沒有辦法。

既然選擇了，就要認，這是我從父母那裡學到的。這也讓我在人生的各個分岔路口的選擇中，能夠從不後悔。

當然，父母和子女的關係不是單向的。對於孩子來說，有義務幫助父母建立安全網，重點在於幫他們規劃好一定程度的保險，這樣能幫他們安排好年老之後的生活。即便幫父母去買保險，也應該是子女利用自己的知識和經驗提供建議，父母付帳，然後子女完成法律規定的贍養義務，不要提供超出義務之外的保護。這樣才能讓雙方都獨立自在。

選擇不僅僅意味著當時的決定，更意味著之後的所有事情都要承擔，承擔是選擇的另一個含義。

沒有人需要為孩子「兜底」

有好的，就有壞的。在我看來，一個壞的父母與子女關係的處理方式是：孩子對父母的撫養品質有非常多的期待與要求，要求父母買房子、買車子、找工作，甚至找另一半。但絕大多數情況下，過多的期望和想法終究只會害了自己，並沒有益處。

在我十七歲下定決心考北大的時候，當時就有一個關係不錯、成績也差不多的同學勸我說：「你不用那麼努力，我爸爸認識某某『二本』大學的校長，只要我們考到『三本』[註1]的標準就能上那個大學了。你也別努力了，到時候我們一起報，肯定能上，我替你跟我爸說。」

於是，考試前的時光他過得很輕鬆。當我每天早晨做英文、數學題目的時候，他在睡覺；當我在深夜讀歷史、背文章的時候，他在打遊戲；當我週末自己做模擬考題的時候，他去郊遊。最後的結果是，我逆襲上了北大，他卻連「三本」的標準都沒達到，只能上一個專科學校。後來我來了北京，人生就此別過，我們的人生軌跡大不相同。

這不僅是像我這樣出生在普通家庭，沒辦法靠爸的孩子才有的問題，即便是可以靠爸的人，也是如此。

因為創業的關係，我也認識了不少富二代。跟大多數人想像的不同，很多富二代完全不是專橫跋扈、趾高氣揚的姿態，反倒是很低調、很內斂，甚至有些悶。因為他們從小就被嚴密地保護起來，幾乎所有的人生路徑完全被控制，所以他們普遍顯得沉穩、有教養，卻缺乏衝勁和冒險精神。他們早就習慣了蕭規曹隨父母的路線，卻沒有獨立承擔風雨的能力。就像是最近熱播的金星主持的《中國式相親》裡面的那種中國式孩子一樣，他們什麼都想尋求父母的幫助和意見，殊不知在血雨腥風的創業江湖中，根本不會有人因為你的父親是「富比世排行榜」上前一百名的富豪就手下留情。其中一個富二代幾乎與我同時開始互聯網創業，到目前虧了三四千萬，把老爸給的錢賠得血本無歸。他時常跟我訴說自己的無奈和無力。

儘管這些富二代朋友的父母本身都是非常成功的企業家，但父輩的優秀和孩子的優秀沒有任何關係。他們全方位地為孩子「好」，幫他們兜底的結果就是：自己的小孩不僅無法成功創業，甚至無法生存。他們尚且如此，絕大多數普通人又怎麼能指望依靠父母就能成功呢？所以成功這件事終究是要靠自己的。

我節目的聽眾裡有個一九九二年出生的小女生，因為單親家庭的緣故，很聽母親的話。本來在北京待了兩年，後來因為母親覺得大連離家近，就回了大連。因為母親覺得男生A對她好，男生B家裡窮，就不同意她和男生B在一起。最後她母親替她付了房子的頭期款，她一切都按照母親的意願去做了。

當父母規劃好子女的路線，子女就成了木偶，在路線中翩翩起舞。可失去了靈魂的舞蹈，這樣的舞姿即便再曼妙，又有什麼意義呢？

1／三本：中國的大學分為一本、二本、三本，一本多為全國性的重點大學，二本多為一般的綜合大學，三本大多數是一些自主自辦的二級學院，收費比較高。

一個人想真真正正地按照自己的想法並取得父母的同意去實現自己的人生，首先就要與父母在地理位置上拉開距離。跟父母住在一起或者跟父母待在一個城市，就非常容易被干涉。所以對於這個女孩子來說，第一步就是在做好一定程度的累積之後，離開大連，回到北京。適度遠離自己的母親，再去選擇自己的職業和愛人，遵循自己內心的想法。

父母與子女的關係，本質只是人與人感情的一種。既然是人的感情，那麼就有好有壞。我們不可能跟每個人的關係都很好，而且還可能有很多敵人。所以孩子可以和父母關係非常好，鐵得像哥兒們，也可能跟父母關係非常不好，這都是再正常不過的事情，千萬不要對此有任何程度的心理負擔。也沒有必要在與父母關係本身就很差的情況下，因為親友鄰居、社會輿論等等因素強行和解。如果與父母早已行同陌路，甚至勢同水火，但還是希望社會輿論能夠給你戴上一頂「孝子」的帽子的話，到頭來只會催生出更多的瑣事。特別是在經濟方面，未來為了維持這頂「帽子」不要掉下來，只好不斷地花冤枉錢。

父母與子女本就是獨立的個體，只是恰好有了血緣的連接。茫茫人海之中，能夠有這樣親密的關係，雙方都應該視彼此為最佳禮物。保持合適的距離，用溝通替代控制，以原則取代要脅，這禮物才不會淪為獨占式的「贓物」，才能展現出它應有的價值。

我有一個夢想，父母和孩子之間沒有控制、沒有指示，他們將能一起工作、一起討論、一起歡笑、一起辯論、一起維護對方、一起理解對方。因為我們知道，生而為人，我們都是獨立和自由的個體。

一個有夢想的人，帶著刺也會成功／
更能帶著所有人一起精彩。

「三觀」碎了怎麼辦

他人和社會對你是否有價值的回應，就是付錢給你，如果你做的這些東西不能讓他們付錢給你，那很有可能就是沒有價值的。

有一次，一個剛畢業的大學生來我的公司應徵，沒有被錄取。這哥兒們不服氣，想直接跟我聊聊，工作人員跟我說明了情況之後，我同意了。

不錄取他的原因很簡單，雖然他有著非常不錯的學歷背景，但是沒有我們需要的員工所擁有的工作經驗。在不確定他是否能勝任工作的前提下，我們只開出了業界應屆畢業生的平均薪資給他，預計在工作中逐漸調整。這樣的薪資對於他來說，無法接受。他問我：「宇晨，你也是北大、賓大畢業的，應該知道像有我們這種學歷的人應該有的價碼是怎樣的吧？這種薪資讓我『三觀盡碎』[1]，老實說，對我有些不尊重啊。」

我哭笑不得。

「三觀」碎裂是學生思維的必然結果

創業越久，我有個想法就越明確——年輕人在學校的時間可以適度縮短。

在我看來，從小學到國中到高中到大學，一共十六年的學校生涯，其實可以壓縮

1／三觀：人生觀、價值觀、世界觀。

幾年時間。節省下來的這幾年，可以讓學生早日踏入社會。只有進入社會，一個人才能真正體會到競爭的複雜狀態。對於那位來應徵的名校畢業生來說，他二十多年的時間都是在學校裡度過的，這樣的狀態就是單一競爭。換言之，所有的競爭都是考試分數的競爭。考試分數高，你在競爭中處於優勢；考試分數低，你就可能被淘汰。學校裡只有這一個衡量規則，況且這是個不完整的衡量規則。

這種衡量規則和方法完全忽略了人生是一個複雜的多面向的競爭，以至於當學生離開學校，就會非常不適應，會產生疑問，為什麼出了社會就不關心分數高低了？原因很簡單，學校的考試分數其實測驗的是死記硬背的能力、短暫理解的能力以及自我控制力。社會不一樣，社會還會比較一個人的想像力、ＥＱ、交際能力、工作態度等等，各種方面的能力和特質都會納入考量。

這種比較很多時候我們會覺得不公平，但卻是事實存在和必須面對的。有很多人看到其他人靠爸，覺得這也太不公平了，心裡忿忿不平。實際上，父母和家境的確也是競爭中的一個標準和角度。如果你的爸媽不夠強，沒辦法鋪好路，這也很正常，爸爸不夠強，其他地方你努力做到比人家強就可以了。

為什麼會「三觀」碎裂呢？

很簡單，在名校讀書，尤其是北大、清華這樣一流院校的畢業生，當踏入社會開始新的人生時，很多人還習慣性地認為只有比較分數才是公平的。在他們眼中，靠爸、拼顏值、拼交際能力、拼EQ、拼吃苦程度，都是不公平的。在他們眼中這社會需要一個考試，比分數才是公平的。

現實社會有些像「足球經理」遊戲當中的球員能力值表格，一個球員被考驗的方向涉及過人、速度、長傳這些技術特質，也會涉及領導力、侵略性等心理數值，還會與體格、平衡感等身體素質相關，是非常綜合且複雜的。真正的社會不是遊戲，社會比遊戲複雜得多。

☀讓舊三觀「碎碎平安」

我在北大讀書四年，美國讀書兩年，踏入社會的時候已經很晚了，但是與那些在北大一直讀到博士的同學們相比，踏入社會的時間還是早一點。二十二歲的我正式進入社會，如今二十七歲，讀北大博士生的同學可能剛剛畢業。五年的打拼，有著先發優勢，我現在已經得到了很多經驗、教訓和成果，他們還沒有體會。但是這種經驗體會他們是一定要經歷的、躲不掉的，之前我在回答記者提問的時候，就反覆強調：越早創業，越容易成功。

真正進入社會，大家衡量一個人的標準是什麼？肯定不會是上過學、有過好學歷或者寒窗苦讀，因為個人的寒窗苦讀，是不會為他人帶來任何收益的。社會的衡量標準很多，追根究柢，就是你有沒有為他人、為社會做出貢獻。他人和社會對此的回應，就是付錢給你，如果你做的這些東西不能讓他們付錢給你，那很有可能就是沒有價值的。

一個人的讀書經歷並不代表你對社會有任何程度的貢獻。讀書只是個人的愛好或選擇，你讀了書，很開心，僅此而已。讀書跟社會要給你的待遇和地位是沒有關係的。社會地位的提高、做的事情意義被認可，終歸表現在你對於社會產生的價值。比如，一個人讀書讀得好，同時可以幫別人也能讀好書，滿足了他人的需求，這就是有價值的，就可以賺錢；或者實現學術成果，這些學術成果應用到實際的事件中，能推動學術進步或者能推動這個行業發展，這是有價值的。這樣的話你就能得到認可，待遇也能提高，社會地位也能得到相應的提升。

回想起來，即便在北大，這個中國最好的大學，學校的課程設置、教學內容，與整個社會的需求也是嚴重脫節的。當時我花了大量時間在所謂的學術上，查資料、寫文章、改稿子，很多是無用功。當然，很多人會說，這些訓練了智商、學術思維、理解能力等，但實際上，進入社會創業，參加實習，反而更能夠提升相應的能力。在北大的學習生涯中，我花了90%的時間在學術上，但可能還不如我自己在北大批評一些客觀存在的問題對社會做出的貢獻大。

唯有及早地進入社會，才能夠對如何應對真正的競爭，以及如何創造真正的價值並產生認知。

盡早進入社會還有一個好處，可以顯著改善學生的經濟狀況，盡快改善經濟上的窘迫狀態。我在北大讀書的四年，一個月只有一千塊錢的生活費，放到現在簡直難以想像。同學們去一個稍微可靠一點的互聯網公司實習，例如我的公司裡，日薪都至少一百元，這樣一個月下來，生活費就超過兩千元。經濟情況的好轉，會讓一個學生更為從容地思考接下來的道路和人生，好好地提升自己的能力，而不是長久待在學校裡，用一套學生的想法麻痺自己。

我在北大中文系的很多同學，本科四年之後還要讀三年碩士，讀完三年碩士之後還要讀四年博士。一切順利的情況下，出社會都差不多三十歲了。而如果選擇在二十歲進入社會，到三十歲時，擁有十年的工作經歷，已然是職場中的老江湖，對於一個行業已經有了相當深入的理解和廣泛的累積。我們知道，在職場中，三到五年的工作經驗，就已經加分很多，收入狀況也非常可觀了。而且，二十歲出頭的年紀，畢業一到三年，人在整個職場中的成長是非常迅速的。二十歲到三十歲，是人生精力最為旺盛、學習能力最強、最有可能提升的十年，如果這十年沒有用在社會中學習提高，依然認為分數才是一切的話，那麼就浪費了最寶貴的十年。而人生，並沒有幾個十年是可以用來揮霍的。

現在就讓價值實現

舊的「三觀」已經被擊碎了，那麼如何建立新的、正確的「三觀」呢？

一方面，還是要實現個人獨立，盡量把成功的變數壓縮到自己能控制的領域，正如王思聰所做的一樣。[2]

很多人會認為王思聰之所以成功是因為他的父親——中國首富王健林先生。大家有沒有想過，這個觀點也許是錯的。

王思聰創業早期，由於他的父親給予了較多的創業資金，可以說90%是因為家庭的因素，也就是靠爸的結果。但是時至今日，我們必須看到，如今王思聰在文化娛樂領域，特別是互聯網文化娛樂領域的發展，受他父親的影響已經越來越少。熟悉互聯網的人都知道，萬達集團的互聯網化程度很低，之前的幾次嘗試都以失敗告終，反倒是王思聰憑藉自己敏銳的嗅覺和很強的執行力，在互聯網娛樂領域闖出了不小的名

→ 56

堂，甚至在某種程度上，形成了對萬達的反哺。包括我自己在內絕大多數年輕人都沒有靠爸的本錢，但王思聰獨立發展的經歷可以帶給我們很大的啟發：把命運掌握在自己手中，才能夠獨立面對社會的複雜競爭。在競爭中學習競爭，在戰爭中學習戰爭，在前進中樹立新的觀念。

另一方面，我們需要知道哪些東西對這個社會來說是有價值的，然後去做這些事情，而不要去做大量的無用功。這裡需要清楚表達的是，我並不是鼓勵「讀書無用」，搞「反智主義」那一套，而是希望新一代年輕人不要因為滿足他人對自己的期待，為了跟隨主流而拼命在學校中按照分數的單一競爭要求擠破腦袋。社會上出現很多人，包括我公司的一些員工，工作了一段時間，才真正發現了自己對哪個方面有需求，自己在哪個方面需要提升，然後再回到學校讀書，這是正確的做法。

我自己在北大、賓夕法尼亞大學其實做了很多無用功。二〇一三年回國之後到現在，已經是畢業的第四年了，我也思考了更多，清楚了自己需要優化和提升的方面，

■

2／ 王思聰：萬達集團董事長王健林的獨生子，現任萬達集團董事，也是熊貓TV創辦人兼CEO。

所以我決定繼續讀書。在馬雲創辦的湖畔大學[3]，學習如何制訂互聯網戰略；在長江商學院，學習傳統企業家們經營企業的經驗；在吳聲老師的新物種學院，學習社群聚集和推廣；在「聯想之星」，學習其他青年互聯網創業者的思維。在這個過程中，我不僅被啟發有了新戰略新思維，更結識了很多良師益友。

在快速發展的行動互聯網時代，終生學習更是每一個人的必修課。但是蒙著頭讀書、蒙著頭學習是糟糕的方式。沒有目的、沒有方向，就很難產生價值。然而藉由在社會中、在現實中逐漸認知到問題，了解自己需要提升的方面，才能好好地指導自己繼續學習，最終才可能學有所成。

「三觀」碎了，並沒有什麼值得恐懼的，因為隨著時間推移，錯誤的東西總會被擊碎，可怕的是不承認錯誤，不願意承擔錯誤的代價，不願意尋找真實，甚至用錯誤麻痺自己，還說服自己走的是自己的道路。

「三觀」碎了，收拾心情，盡快踏上前路，有更多更新更好的事物等著你，這也是一種「碎碎平安」。

3／湖畔大學：由馬雲、馮侖等人所創辦的學校，入學條件為創業三年以上的企業家，公司規模超過三十人，並由三位推薦人（其中一位需為湖畔大學指定推薦人）推薦，才有資格。

年輕是這個世界最大的既得利益者
為自己體面而自由地活著
才是青春最有意義的方向

PART

❷

做從未來看正確的事

心裡有火光，就願意向上

你敢做，別人不敢做，在這個過程中，你就已經淘汰了很多的人。勇氣是格局的重要載體，格局大，膽子就大。

→ 62

二〇一三年，在實現了自己的財富自由之後，我終於找到了自己人生發展的方向——成為一個終身創業者。

當時身在美國的我放棄了考入法學院、畢業後在美國工作的想法，轉而開始尋找創業機會。那時對比特幣和以比特幣為代表的電子貨幣浪潮、區塊鏈技術趨勢很著迷，所以，我將創業的方向鎖定區塊鏈和電子貨幣。恰巧一起玩比特幣的幾個朋友勸我去新成立的 Ripple[1]試試，因為 Ripple 在原有比特幣的基礎上，做出了很多電子貨幣和區塊鏈商用的創新。在他們的建議下，我跨越整個美國，從費城來到舊金山的灣區，成為了 Ripple 最早期的員工之一。

不得不說，上班第一天，我就被深深震撼，或者說驚嚇到了。因為我們的CEO——Chris Larsen 說，要做就做全球市場。

這麼大的事情，想必得拿出不少錢才能做吧？畢竟我們公司在加州舊金山灣區，這個地方光租金我一個月就要付二千五百美金。

1／ Ripple：Google 投資的區塊鏈技術公司，並也獲得多家銀行投資，Ripple 利用區塊鏈技術為全球大型銀行解決金融交易問題。

我去問了CEO，CEO告訴我，我們總共從Google拿了四百五十萬美金，仔細算了一下，以我們公司的燒錢速度，在加州這個寸土寸金的地方，即便我們所有員工都領虛擬貨幣降低成本，一共也就只能支撐十二個月。

當我把這個殘酷的事實告訴CEO時，他跟我說：「Justin，如果我們這麼多有意思的人湊在一起做一些偉大的事情，十二個月後，我們公司至少是因為做了一件偉大的事情而倒閉，而不是死得庸庸碌碌，無人問津，是不是？」

努力偉大，就像你不希望這份事業十二個月之後倒閉那樣努力。

努力偉大，就像你思考十二個月後你的墓誌銘上要寫些什麼。

努力偉大，就像你思考十二個月後要給世界留下些什麼。

我是一個老是寫心靈雞湯給別人喝的人，但這碗雞湯我不喝，只能端著，半信半疑。希望能以我踏實的工作，把公司可靠的理想變得踏實起來。

誰知道更勁爆的事情在後面。

工作了不久，CEO把我叫到辦公室，我剛坐下，屁股還沒熱，CEO就跟我說：「Justin，我們要做全球市場，你不錯，最早進公司，也是中國人，我派你去負責中國市場，好不好？」

當時我們公司只有不到二十個員工，「天使輪」剛融資完■[2]，性命不保前途未卜，

→ 64

難道就要做國際市場了？這不都是那些在納斯達克敲過鐘[3]、在華爾街路過演[4]、和高盛摩根史丹利談笑風生的人才有資格做的事情嗎？

我回頭看了一眼我們公司這一群人畜無害、正在埋頭寫編碼、中午都不知道該吃什麼的Geek們，他們要是被丟到中國，前三天大概就會餓死一半。要知道，全公司懂商務的就只有我一個人。

聊下去我才知道CEO的宏圖偉業，他已經在澳洲、歐洲、美洲全都找了人，打算大幹一場。地球有多大，夢想就有多大，舞臺就有多大。

「那辦公室在哪？」

「自己想辦法。」

■

2／天使輪：指新創公司的第一次融資，創業者已經選定投資項目，但可能只有概念，什麼都還沒開始，此時誰願意投資你，誰就是天使，因而得名。

3／納斯達克敲鐘：紐約納斯達克（Nasdaq）證券交易所每日會進行兩次敲鐘的神聖儀式，來宣告開盤和收盤。常會邀請政商名流擔任敲鐘嘉賓。

4／路演：Roadshow，是國際上廣泛採用的證券發行推廣方式，路演的主要形式是舉行推介會，公司向投資者詳細介紹業績、產品、發展方向等，充分闡述上市公司的投資價值，讓準投資者們深入瞭解具體情況。

「那有人跟我回去嗎？」

「就你一個人。」

「有多少預算？」

「公司先讓你報銷一張回中國的機票。」

這簡單的對話結束後，我這個沒有一兵一卒的大中華區首席代表就踏上了回國發展的旅程。

當時完全是懵懵懂懂的，現在想想，這種單槍匹馬的感覺還挺酷。

走出辦公室的門，我跟負責風險管理的 Greg 聊天，他和我說，這就是美國的矽谷文化，尤其是互聯網圈子，全球化是永遠的默契。

美國的互聯網圈子，不會特別強調所謂的全球化，因為沒有一家美國公司建立是為了做美國市場的。任何一家公司，從第一天開始，就是為了做全球的市場。

任何一個美國創業者，從第一天起，就認為這個地球是自己的舞臺，中國、印度、南美、歐洲、非洲，這些人口眾多的地區從第一天起就是需要去嘗試占領的。

這讓我感到汗顏，在我眼裡，「全球化」都是世界五百強、阿里巴巴、騰訊、百度才需要考慮的問題。

實際上，在矽谷待得越久，我越能感受到這種「全球化」長在基因裡的感覺。

更貼切的是，偉大的成長就長在基因裡。

矽谷不以成敗論英雄，但格局低了，絕對不行。

矽谷遍地都是這些心懷世界的公司，且不說那些類似我司的小公司，大公司在還是魯蛇的時候，也都是心懷壯志。Google 在車庫裡，Larry Page 就要檢索全世界的資訊；Facebook 的 Zuckerberg 從一開始就要連接全世界；Uber 的創辦人 Kalanick，更是從一開始就希望能共用全世界的交通工具，向全世界的計程車監管部門宣戰。

他們在車庫裡、地下室裡，就希望能改變全世界，就希望做偉大的事情。

確實，做這樣厲害的事情，即便失敗了，也挺酷。

要是成功了呢？

在矽谷生活一點都不容易，賦稅很重，高達30～40％，每個月的薪資扣稅後沒剩多少；房租生活成本很高，兩三千美金是家常便飯，那時從我每個月的薪水中扣掉房租，叫 Uber 都得想半天。很多公司創辦人自己掏錢貼好幾個月，卻始終沒有拉到投資，最終頂不住都垮掉了，可是從頭再來時，沒有人覺得自己有個大夢想是個錯誤。

全世界人覺得矽谷的人是英雄，是改變世界的英雄，可是我們在矽谷的時候，面對經常性的碰壁失敗、無人問津、公司倒閉關門的時候，只覺得自己是一個大傻子。

是的，在生活成本長期壓抑下，在無人問津的環境裡，在死亡率極高且激烈競爭的商業環境中，這些英雄卻能夠長久保持改變世界的野心。

這也許就是，平凡生活中的英雄夢想吧。

格局決定了物種生長

人生最重要的是格局，格局就如同一個物種的基因，從最源頭決定了物種的生長。人的偉大和卓越，很多時候已經被格局本身決定。很多人忽略了這一點，覺得格局本身不值錢。在湖畔大學上學期間，馬雲、史玉柱、柳傳志、沈國軍還有曾鳴老師都反覆跟每一位學員說過，要深刻理解基因在這個企業中的作用。一個月大的老虎寶寶和一個月大的羊寶寶，都是寶寶，都人畜無害，看起來萌萌的，很弱小，容易死亡。那時候，即便把老虎寶寶和羊寶寶放在一起，他們也可以和睦相處。但老虎日後註定成為老虎，註定是百獸之王，這就是企業格局對於企業的核心影響。

對於投資來說，投資就是投人，企業和創辦人的格局有非常大的關係。選擇做什麼領域，在哪個賽道飛奔，擁有的格局和基因是怎樣的，決定了日後最終會成為什麼。蒼蠅和人的基因染色體很像，但基因就是從第一天起決定你將成為人還是蒼蠅的靈魂。

德國哲學家康德曾經說過一句話：「勇氣是一種美德。」很多人常常認為成功的人沒什麼了不起，不就是敢於冒險嗎？我在十七歲的時候下定決心考北大，模擬考時成績很差，讓周圍的人都說我不知天高地厚，可是我敢想敢做，最終成功了。反倒是之前好幾個比我分數高三百分、更有希望考取北大的同學，最後折戟沉沙。二十五歲的時候，回國創業僅有一年，我下決心申請馬雲的湖畔大學，公司在草創階段、自己年輕無名，不少朋友都認為我自視過高，這樣的狀況馬雲校長怎麼可能錄取我？可是，我敢想，我敢做，最終我成功了，反倒是為數不少創業經驗遠超過我、公司發展也更優秀的創辦人，因為沒有嘗試，沒有好好準備，錯過了成為湖畔大學一期學員的機會。

勇氣本身就是極大的競爭優勢。你敢做，別人不敢做，在這個過程中，你就已經淘汰了很多的人。勇氣是格局的重要載體，格局大，膽子就大。

發現格局，培養格局

格局大，勇氣大，敢想敢做，並不是亂喊亂叫，格局大的人往往是非常理智的。哥倫布、麥哲倫要征服世界，他們知道自己是有能力有經驗的，但同時，他們也做好了隨時葬身大海的準備；Ripple 敢於從第一天起就樹立全球化的願景，也是因為這個不大的團隊中，的確籠絡了多位區塊鏈和電子貨幣領域的專家，在技術實力上是很可靠的。格局大的人有的是勇氣，不是莽撞，他們知道自己是誰，自己的實力如何。他們對自己的實力有信心，對自己的事業有信心。

如果一個人本來是一個學廚藝的好苗子，從小看到烹飪節目就不走了，看到廚師切肉做菜就兩眼發光，那麼他的格局就應該是成為一個米其林餐廳的大廚，而不是滿足於在街邊擺路邊攤，當然更不是成為一名循規蹈矩的上班族。

一隻雄鷹無法成為老虎，因為牠有自己翱翔的天空。對於家長來說，如果孩子學習特別好、擅長考試，那就應該帶他去看清華、北大；如果孩子喜歡經商，對經濟交流感興趣，那就應該帶他去香港維多利亞港，去見識長江集團的大樓。不管是家長對於孩子的教育，還是個人對自我發展的規劃，都要挑選最優秀的、最有興趣的領域。選擇合適的路徑之後，激勵自己或他人把眼界放開，成為這個領域的翹楚。在這個過程中，監督是沒用的，只有靠自己，也只能靠自己。

幸好格局畢竟不是人的基因，經由後天的努力，格局是可以被培養、被提升、被塑造的。一個人上了高中，進入了大學，是不是就確定格局了？其實遠遠不及，這時候依然可以進一步提升自己的格局，找到新的機會。

培養格局的最佳方式，就是去看看世界，打開視野。如果你立志從商，就一定要去一次峰會，看一次真人馬雲，因為看到最優秀的人就不會再度回到平庸；如果你是個企業家，就應該來聽納斯達克上市公司董事長的講座，此時你的潛意識裡，自己創業的天然目標就是他們；如果你是研究科學的，就應該聽聽諾貝爾獎得主的課，當你看到他們，就不會甘於回去抄論文，過各種潛規則苟且的生活。當你看到最優秀的人的境界，就不會允許自己這樣。

我出生在一個非常普通的家庭，一沒錢、二沒權，如果說我有些格局的話，也不是骨子裡帶來的，因為按照我的家庭出身，應該是天然反格局的。但是，我願意去見識、去體會，幸好我的家人也願意傾其所有來幫助我。我出生於青海，在惠州讀書，九歲去了武漢學圍棋，十七歲去上海參加「新概念作文大賽」，十八歲來北京上學，二十一歲去了美國，也到歐洲去旅行。所以，最厲害的人和事我都見過，也敢於不服挑釁。而如果不願意去見識，只待在自己生活的城市，考個本地大學，畢業後當個公務員，靠家裡資助買房，迅速娶妻生子，就活在了既定的劇本裡。

爾冬陞曾拍過一部電影《我是路人甲》，講的是橫店影視城裡臨時演員的故事，絕大多數人就是甘心做一個跑龍套，等待機會垂青自己。不過有一個人不甘心，他的格局比一般人大，所以他去北京電影學院參加了一個短期培訓班，努力成為一個更優秀的演員。電影不是現實，但在生活中，如果這些人中會誕生一個巨星，毫無疑問就是這個不甘平庸的人。

這裡所說的成功，並不是指金錢上的成功，而是在自己所在的行業內追求卓越的能力。換句話說，如果有一個商人見識過李嘉誠的企業，就再也不可能只滿足於當一個村裡的先進企業家；一個記者只要目睹過楊瀾專訪首相■[5]，相信他就會堅定地要做最優秀的媒體人，不會妄自菲薄地墮落。

貧賤不能移，孟子講的意思是氣度要大。就算住在租來的雅房，也不墮青雲志。貧困不是對自己的傷害，妄自菲薄才是。

心裡有火光，就願意向上。

■[5]／楊瀾：中國知名主持人，曾專訪過日本前首相村山富市、英國前首相卡麥隆。

→72

我喜歡這個看起來無情、功利而冷靜的世界，
因為這個世界真正無差別地承認每個人的激情，
承認每個人的創造，承認每個人的夢想。

不獨立，沒人替你堅強

讀書不應該被賦予改變命運、獲得金錢的期待，讀書僅僅是一種個人選擇。

→76

二〇〇七年我進入大學，到今天已經十年了。人生並沒有幾個十年，這十年尤其珍貴，因為它見證了我的思考和覺醒。

十年之間，我入學北大，畢業；去美國讀書，歸來；入學湖畔大學，畢業；堅持創業，時而樂觀，時而低沉，與許多朋友分開又重逢，與許多觀念擁抱又決裂，與這個社會衝撞又言和。

這十年中，我漸漸意識到，中國雖然正在一天天變得精緻，但是對大多數像我一樣出身平凡的年輕人而言，困擾他們的問題始終是一樣的：如何與自己相處，獲得內心的平和？如何與周遭的人相處，獲得世界的和平？

如何與自己相處，如何與他人相處，這是曾經束縛我的問題，也在束縛著同一代的年輕人。

與自己相處，獲得自己內心的平和

《功夫熊貓》當中最重要的一句話就是「inner peace」，也就是內心平和。如何才能獲得內心的平和，本質上需要知道自己是誰，自己在追求什麼，並願意接受、認同、努力。

當遇到問題的時候，首先要想到自己。面對這樣的想法，不要惶恐，不要愧疚，因為一人之根本，永遠都不會為他人而活，也從不要求他人為我而活。每一個人都是獨立的，自己應當為自己負責，自己的選擇自己做，自己的道路自己走。一個成年人，不應該要求甚至強迫他人為自己而活，當然，其他人也不可以對我們有同樣的要求。

為自己而活，不僅正當，而且神聖。

為自己而活的根本方法是個人奮鬥。社會上有些人對於個人奮鬥不夠寬容，這出現了很多透過個人奮鬥而增長財富的人們，反而被黑[注1]得最慘的奇怪狀況。在他們看來，甚至認為個人奮鬥獲得成功本身就是原罪。實際上，年輕人應當相信個人奮鬥，相信互聯網時代給我們提供了足夠大的增量空間。我從小鎮走出來實現財富自由，開始創業，就是一個鮮活的例子。

相信靠個人奮鬥獲得成功、突破階級制度，是最值得驕傲的事情，是為自己而活的終極要義。

透過賺錢實現經濟獨立，是為自己而活的唯一途徑。經濟獨立是實現人格自由獨立的先決條件。合法賺錢是年輕人應該首要關心的事情，因為合法賺錢本身就在推動著整個社會與國家進步。一家能賺夠多錢的企業，才能夠提供夠多的就業職缺，創造夠多的經濟價值。

→78

賺錢的過程中，需要明確確認這個世界根據你提供的價值而能給予你的回饋，而非你的努力。因為努力本身沒有任何意義，個人努力的最終意義是為了呈現你對他人的價值與結果。因努力而產生的廉價自我感動不能創造任何價值，不能讓世界變得更加美好，只會讓自己徒增心理負擔，讓自己遠離賺錢。請對結果負責，才是真正意義上的對自己負責。

讀書只是一種個人選擇，不代表賺更多錢、社會地位更高。在市場經濟浪潮逐漸洶湧的今天，已經不存在只要寒窗苦讀就能改變命運的事情了。讀書不應該被賦予改變命運、獲得金錢的期待，讀書僅僅是一種個人選擇。一個人國中數學不及格，與打德州撲克輸錢是同一個性質，都是漫長人生中一件很小的事情。讀書不意味著任何事情，受教育程度高並不代表賺錢多，更不代表社會地位高。讀書是一種很好的愛好，僅此而已。

初入職場，我們應該盡可能推遲買房時間，甚至不買房子。一線城市的房價高是

1／被黑：指被栽贓、攻擊、誇大不實負面謠言等行為。

正常的，但是這並不意味著像我一樣平凡的年輕人需要把自己的人生綁在高房價的車輪上。承擔一間房子的頭期款和每月繳納的貸款，可以輕易摧毀一個年輕人的夢想，並將整個家庭裹挾進來。其實一個愛買房子、樂於供養房子的年輕人的夢想本來就沒那麼值錢。

未來五年，北上廣深杭等一線城市的房子還是一個年化報酬率10%～15%的投資品，但是那個十年增長十倍的黃金時代已經結束了。而任何一個選擇互聯網方向的年輕人，實現自身一年50%的增長都不是難事。推遲買房的年紀，甚至不買房是最好的選擇。別給自己增加不必要的負擔。

初入職場，在賺錢的過程中盡量減少類似於汽車這樣的固定資產投入，選擇共享經濟。這種固定資產投入成本高，折舊快。互聯網已經為我們提供了大量共享經濟的可能，付費共用他人固定資產，把專業的事情交給專業的人，能夠更加提升自身的自由與空間。我們必須知道，在這個時代，除了自己，真的沒有什麼別的東西更值得投資。

在賺錢的過程中，始終將身體健康置於核心地位，相信現代醫學的力量，相信醫生的價值。身體是革命的本錢，擁有好的身體始終是讓我們不斷向前的基礎。

初入職場，在賺錢的過程中選對方向，盡量選擇到互聯網私人企業工作，或者選擇網路主播、網紅等新興職業。互聯網私人企業是最看重結果的領域，結果導向註定了這裡能夠極力避免傳統企業的弊病：一個人成功與否是靠爸或上級肯定的結果。只有在互聯網私人企業，才能保持高度的競爭，而高度的競爭是一個平凡的年輕人，最終依靠自己的價值與能量獲得自我提升、實現自我價值的最大動力。另一個層面上，互聯網提供了更多的賺錢機會，如果不想固守一份朝九晚五的固定工作，電競選手、網路主播、網紅、社群帳號創業，都是互聯網帶給我們的不錯的選擇。

勇敢地選擇互聯網的新興行業，高額的報酬將是對你的獎賞。

確定了這些內容，一個人將更容易與自己的內心和平相處，獲得內心的平和。

與愛人相處，獲得新家庭世界的和平

人生的道路面臨太多的荊棘和障礙，我們需要有人與自己攜手並進，但若是處理不好家庭問題，不僅無法讓自己走得更穩，反而讓兩個人都跌落深淵。

與愛人相處前，要確定我們不因任何愛情之外的因素締結婚姻，這包括社會的輿論、父母的壓力、經濟的企圖。如果實在沒有愛的人，不婚也是一種選項。「無後為大」是傳統農業社會的倫理，在互聯網時代已經瓦解，每一個人都應該是一個自由個體。

婚姻自由，其中不僅包括選擇伴侶的自由，更包括不結婚的自由。

婚姻是愛情的起點，並不是一種維持生存的方式。有些人由於長久以來的物質匱乏，婚姻變成一種面對殘酷生活的避難所，而並非愛情的起點。我們見過太多的案例，兩人結婚的原因並不是因為相愛，而是因為這樣可以分攤開銷，在經濟上降低成本。那麼，我們首先要賺錢，獲得經濟獨立，唯有如此，才可以談談真愛。

與愛人相處時，要確認婚姻不應損害任何一方在工作、事業和人格上的自由。結婚是為了讓兩個人更強大，而不是互相損害。

與愛人相處的婚姻本應美好。

與父母相處，獲得舊家庭世界的和平

父母是我們最親的人，因為他們，我們才能來到這個世界。但也是因為這種關係，很多人在原生家庭中反而承受了很多不能言說的壓力和苦惱。只有與父母和平相處，維持舊家庭世界的和平，我們才能全力追尋自我。

與父母相處，要盡量不接受父母的經濟幫助，如果仍在接受，要儘早擺脫這種幫助。我們必須明白，任何經濟資助都伴隨著條件，哪怕是來自父母的幫助，也會伴隨著控制。即便他們沒有這麼說，甚至都沒有這麼想，但我們還是應當清醒地了解這一點，因為天下沒有免費的午餐。

一定要獨立。

與父母相處，儘早實現個人的獨立，目的是讓父母成為自己的朋友，而非保護傘。父母與孩子是一種平等的關係，這種關係決定了我們的成功與獨立不應以犧牲父母的幸福與自由為代價，反過來，父母也沒有權利要求子女為其而活。

父母的建議，只是他們基於人生經驗給孩子的一種參考，而非命令，也絕不意味著正確。我們的父母，生活在工業、甚至農業時代，他們人生的軌跡，與成長於互聯網時代的我們有太多的不同，已經喪失了參考意義。我們要相信自己直覺的判斷。在這個時代，因為自己體會過，自己最瞭解，所以相信自己比相信任何人都可靠。不要盲目相信父母，而是要超越父母，並讓他們驕傲。

與父母相處，如果有不滿，一定要表達，不要忍氣吞聲，不要逆來順受。兩代之間必然有衝突，這並不需要迴避。而與父母從反抗走向和解，是一個與過去傳統和解的過程。獨立是和解的前提，和解是幸福的先導。不會反抗，就一定會被控制，而不會和解，所有的成果都將失效。

與他人相處，獲得外部世界的和平

在成長的道路中，除了愛人和父母，我們更多時候會與陌生人接觸、交流、合作。與他人相處，在相處中向前，在合作中提升，是人生向前的重要條件。

首先，我們要相信契約。契約精神是整個文明世界多人互動的根基，無論是事業、感情、家國，對契約的尊重遵守，比金錢、權力更具力量。只有相信契約，才能理性博弈；只有理性博弈，才能透明競爭；而只有透明競爭，個人、集體和社會才能不斷向前。

其次，我們要重視自己和自己所處團隊的態度，因為這很可能影響後來人。我們是互聯網的第一代原住民，堅持我們的態度與生活方式，本身就是感召他人的過程。我們要對選擇新的生活方式充滿信心。在互聯網現代文明來臨的今天，讓我們去建立一個美好的新世界，在這裡，任何獨立的個人與組織都可以根據公開的遊戲規則與契約來博弈，透明地追求自身最大化利益，我們在為未來而奮鬥。

與自己相處，追求內心的平和；與他人相處，追求世界的和平。

這就是我們期望的更好的世界。

這樣的要求，其實並不高。

因努力而產生的廉價自我感動不能創造任何價值，
不能讓世界變得更加美好，
只會讓自己徒增心理負擔，讓自己遠離賺錢。
請對結果負責，才是真正對自己負責。

自由選擇，重新發現自己

成年人的唯一標準在於能否自由地做出選擇，是否明白自由選擇的代價，並為這個自由的選擇願意承擔責任。

→ 88

創業四年來，我最大的一個體會便是，創業是成年人的遊戲。

為什麼說是成年人的遊戲呢？

就是說，創業可能比任何工作都需要一個人具備成年人的能力。在創業中，沒有人會因為你失敗了來安慰你，也沒有人會因為你成功了來鼓勵你。

工作中的困難往往比你想像中的還多得多，你設計了產品，卻無法將它建造成型；有了成型的產品，卻無法有效推廣；推廣出去，卻無法做好購買轉化；做好了購買轉化，卻沒有辦法進行資料分析。

更重要的是，從此之後，你被丟向了市場經濟的荒原，從此是死是活，全憑自己的力量。尤其我是從學生時代直接踏入創業門檻的人，對這個現實體會得尤為深刻。

不過想想，在這樣的環境下還能生存下來，創業還是件蠻酷炫的事情嘛。

創業時最大的體會便是，這個世界的「幼兒」實在太多，「幼兒」就是指那一類年齡上已經完全成年，但是始終是嬰兒行為模式的人。

有男女朋友吵架心情差就不想來上班，還不許ＨＲ扣薪資的人。

有每天起早貪黑最後一個才走，雖然工作做得一塌糊塗還要求老闆必須加薪的人。

有每天必須坐一萬五一把的椅子，出差坐飛機必須要頭等艙，否則沒心情工作的人。

有每天心情不好，寶寶不開心但寶寶不說，老闆要把我哄開心了送上奶嘴，才願意開工的人。

有老闆你好像過得比我好，寶寶不開心，老闆你有很多錢你為什麼不分點給我，寶寶要哭了的人。

而一個真正要在創業上，甚至工作事業上有所作為的人，第一件事情就是選擇成人，真正成為一個成人。

選擇成人

怎樣才是一個真正的成年人呢？

我認為真正的成年人只有一個標準，就是他能否自由地做出選擇，是否明白自由選擇的代價，並願意為這個自由的選擇承擔責任。這是判斷一個人、一個群體甚至一個國家成年與否的唯一標準，也是我們判斷某個人是否真正具有理性的重要標準。

成年，是與年齡毫無關係的。如果有一個小孩，五歲的時候他就想通了這一點，那麼他五歲就算成年了。如果有一個人七十歲還沒明白這個道理，哪怕他兒孫滿堂，也只是一個沒有完全成年的「幼兒」而已。

因此，每個人最終都會有一個真正成年的時刻，而這個成年時刻，需要每個人從內心深處加以銘記。

我「成年」於一九九九年。那一年，父母將九歲的我，從廣東惠州送到了武漢學習圍棋。

在此之前，我的學習和生活都有父母的陪伴。而三年級的某一天，我在看《家庭》雜誌（確實有點早熟），當期有一個專訪，我印象很深，講的是圍棋神童常昊，現在已經是世界冠軍的常昊九段。

我當時知道了常昊的老師是棋聖聶衛平九段，當時的聶衛平在武漢的一家圍棋學校擔任榮譽校長。因此我毫不猶豫地向母親提出，希望到武漢去學圍棋。

我記得當時我媽給我的回答是：「宇晨我支持你到武漢去學圍棋，但是你要想好，去武漢就要完全脫離父母，一個人生活。你願意嗎？你承受得了這個代價嗎？」

經過仔細考慮，我最終回答，我願意。

這時候就要感謝我父母的驚人執行力，他們真的幫我聯繫好了學校。一切準備妥當之後，替我買好了機票，把我送到機場。一個空姐帶著我這個無人陪伴的兒童抵達武漢，學校派了老師來接我，從此我就開始了孤身一人在武漢三年的學習生涯。

第一天到學校，歡聲笑語的白天結束後，我一個人躺在床上，瞬間悲從中來，在被窩裡哭成狗。現在想想，這對一個九歲的從來沒有離開過父母的孩子來說，太正常了。

我邊哭邊想，這是不是我自己的自由選擇呢？答案是確定的，那我就應該勇敢去承受這個選擇所帶來的一切，無論是新鮮有趣的生活，還是遠離父母的孤獨無助。我不敢讓室友發現我哭，只好強忍悲痛，裹在被子裡啜泣，等哭累了才能慢慢睡著。

這便是我成年的標誌，儘管當時我才九歲。但是因為我會自由選擇，知道自由選擇的代價，同時願意為自己的選擇承擔責任，我在九歲那年成了一個真正的成年人。

這種自由選擇的時刻，對於每個人來說，都是值得一輩子珍藏的，因為這是你被賦予第二次生命的時刻。之前的你可能只是一個普通的生物，而你開始自由選擇與承擔責任之後，一切都不一樣了。

艾因·蘭德（Ayn Rand）在《阿特拉斯聳聳肩（Atlas Shrugged）》中寫到，「人類被稱為是理性的生物，但合理性是取決於他的選擇。人應該要成為人，他必須重視他的生命的價值，他必須學著承受它，他必須去探索生命的價值觀念並實踐他的長處，這一切，都應由他選擇。」

可見，人真正高貴為人，最重要的便是自由選擇，而這也是當代年輕人最缺少的一種品質。

我見過太多同齡的人，過早地放棄了自己自由選擇的可能，對於他們來說，國中是父母選的，高中是父母選的，大學和科系是父母選的，做的第一份工作是父母安排的，娶的老婆或嫁的老公也是父母所安排的。

選擇的喜悅

無論如何，「發現自我」都是我們必經的一條道路，我在「喜馬拉雅」APP開設的節目《財富自由革命之路》就有一位聽眾，她在二十八歲時，找到真正的自己。

她就是我所說的那種年輕人，那種過早放棄了自己選擇的人。她的小學是父母選的、中學是父母選的、大學是父母選的、科系是父母選的、第一份工作是父母找的。如果一直這樣「乖」下去，老公也會是父母找的。但面對這個乖乖女的形象，她總是隱約感覺有些不對。

她的第一份工作在國營銀行，正式編制，朝九晚五，上班就是打卡上網買網拍，整天嫌主管沒水準。後來，聽到父親有份更好的工作要安排給自己的風聲，就認為十拿九穩，正好受不了主管，就自認為帥氣拉風地提出了辭職。

辭職後，她的父親大發雷霆，她才知道新工作也不一定是確定的。她原來的工作單位在深圳，家卻在海南。父母趁機希望她能回到身邊，便徹底幫她把工作和老公都安排好了。

但這時她終於醒悟了，自己原先之所以辭職，就是為了不再受他人的擺布。如果回家，那最初的辭職，又有什麼意義呢？

為了這一次的自由選擇，她破天荒地生平第一次拒絕了父母的安排，堅決留在深圳自己找工作。而她父母則一直在等著看她撞牆碰壁的笑話，他們從來不相信自己的女兒能靠自己的努力找到工作。

在面臨失業壓力的五個月後，她真的找到了工作，而且是一份令她十分滿意的工作。在這期間，她度過了自己的二十八歲生日。

更神奇的是，她把自己的經歷寫成了一篇文章，發表在微信公眾號平臺「簡書」上，結果第二天就上了頭條，超過三萬的閱讀量，獲得超過一千個讚，收到許多公眾號授權邀請和私信留言！

一時間，她感覺自己就是傳說中的「網紅大V」[1]！

自由選擇讓她重新發現了自己。

目前，她在深圳蝸居，租了一個屬於自己的空間。每天騎車上下班，不再每天打三次電話回家。可是，在她看來，這感覺太爽了。

這是一個處處閃耀著自由光輝的故事，她像絕大多數女孩一樣，從小被父母安排。但與很多人不一樣的是，她在二十八歲的年紀找到了自我。

她選擇主宰自己的生活，留在自己喜歡的城市，做自己喜歡的事情。她在互聯網中找到了同屬自由人的同類，收穫了喜悅與幸福。她發自內心地感到，即便在深圳打拼不易，蝸居在分租套房中，騎車上下班，也比在父母安排下的錦衣玉食要好得多，這不就是自由的幸福真正的含義嗎？

學會拒絕

另一位聽眾，對於她來說，她真正成年於二〇一六年五月，第一次拒絕了她父親的無理索求之時，這一年，她三十五歲。

1／ 人V：微博對於受歡迎、粉絲人數眾多、具有影響力的帳號給予V的標記，以表示認證。類似Facebook給予粉絲頁的藍勾勾認證。

十多年來，她的父親都會時不常地向她要錢，理由五花八門，無非是做生意要出差旅費、要發薪水、要買設備等等，而且每次都很急。她曾無條件地支持父親，因為她認為這是子女對父母的義務。只要父親需要錢，她都會馬上把錢給他，還曾向朋友借錢給他，然後自己慢慢還，也曾按照奶奶的要求把父親欠別人的錢親自送到別人家裡並代他賠禮道歉。幾乎所有的要求，她都照做了。

隨著個人意識的成長，她逐漸意識到家人之間也是有界線的。首先，自己是一個獨立的人，這是人的根本屬性，然後才能承擔他的女兒這個角色。對於家人來說，父母都有退休金和醫療保險，在老家好好生活毫無問題，而她買房和還房貸也從未向父母要過一分錢。至於父親做生意，是他自己的選擇，結果需要他自己負責。

她終於做出了自由的選擇，決定除非父親有特殊的生活困難需要幫助，她才會伸出援手，而他生意上的事，她不會支持了。

之後父親向她要錢，在確定了父親仍然是為了生意向她伸手的時候，雖然有極大的心理負擔，但任父親如何不滿和施加心理壓力，她都努力頂住了。

她決定堅持原則，一直到今天。

即便父親多次透過家庭輿論、親人勸說等方式影響她，母親也多次要求她妥協聽話，她都沒有像以前一樣乖乖就範。

最終，她的內心也取得了充分的平和，漸漸接受了與父母關係出現隔閡的事實，並相信父母的這種心態會隨著時間而逐漸轉變。

現在，她感覺自己更有內在的力量，更能掌控自己的人生，這就是成長的喜悅。她的經歷完美詮釋了自由選擇。一個互聯網時代的成年人，能夠真正領悟她與父母的界線，她自由選擇並承擔隔閡的那一刻起，便真正發現了自己的價值，發現了自己作為一個人的意義。

真正的快樂，不來自於周遭人們的認可，不來自於父母的認可，而來自於對自我人生的掌控，對自我成長的喜悅。一切快樂都來自於自身，這份快樂是最偉大、最高貴、最自由的。

我們深知自由選擇的艱難、複雜與不易，卻依然選擇面對艱難，放棄穩定，因為我們深深知道，未經自由選擇的幸福，正如未經選擇的人生，是不值得過的。

這個時代，既殘酷也溫柔

成功者和失敗者之間，心智成熟和精神自由程度有著天差地別的距離。我們不僅要努力，更要找到努力的方法。

→98

同事失戀了，工作狀態很差，我看他難受的樣子，特地給他放了一天假，讓他休息一下，忘掉過去，重新投入到工作中。他苦笑著跟我說：「忘記過去，意味著背叛。」原來，我發現即使給他放一天假，對他來說還是沒什麼用。

時代在劇變，專注於回顧過去，會讓一個人背上沉重的歷史包袱。即便回頭去看，也要想這樣做能為你的未來帶來什麼。好漢不提當年勇，一頁翻過去，想清楚接下來要做什麼，現在要做什麼，才是最重要的。

向前看，做從未來看正確的事，就要不計過往，不要一天到晚為了過去的歷史糾結太多。年輕人不要沉溺於以前的事情，失戀、渣男、渣女……這些無所謂的從前，又有什麼關係呢？我們現在要做的就是蒙眼狂奔，不顧一切地向前衝刺。

做從未來看正確事的本質，就要關注增量，而不是存量。

我們必須知道，這個時代是一個注重增量，而不注重存量的時代，換句話說，時代更看重你將帶來什麼，而不是你曾經擁有什麼。

華爾街不是中國丈母娘

一般人關心的是存量，關注現在誰戴了金錶，拿著愛馬仕包。這一點在選擇結婚對象時尤其明顯。有一個同事的準丈母娘，想要房子想要車子，還問他父親是不是當官的，不是就不高興，這就是典型的存量思維——眼裡只有現在的情況。而真正的聰明人，優秀企業家關注的是增長。我的老師馬雲錄取學生時，完全不在乎學生是否有錢，他只關心這個學生未來能帶給湖畔大學什麼。如果他只關注學生的存量，那麼我也沒法成為湖畔大學的學生了。

對於所有真正希望獲得成功的人來說，擺脫存量思考是必須的，然後需要努力扭轉成馬雲那樣的思考層級，去關注增長。而不是關注既有標籤，才能真正想到未來是怎樣的。

在這一點上，我很欣賞王思聰說的：「我交朋友不看錢，反正他們都沒有我有錢。」所以，他並沒有固守在富二代這個小圈子當中，而是關注「天才小熊貓」■[1]、關注「網紅」，因為他知道，這些人瞭解新時代的年輕人關注什麼，能控制年輕人的眼光和關注制高點才是真正重要的。而以資金槓桿為主的萬達，恰恰需要新經濟的補充，才能得到真正的轉型。所以，王思聰之所以能夠獲得比一般富二代大得多的影響力，是因為他首先是個很出色的趨勢判斷者和商人，其次才是王健林的兒子。

新時代的企業關注的不是你的存量，而是你累積增量的方式和方法。我們經常提到的後設認知■[2]也是這樣，就是真正形成認知的認知方法才是最重要的核心競爭力。

這種認知方法，對於我們的日常生活有著重要意義。

我的公司在面試員工的時候，最關心的是你喜歡什麼前進方式？你對未來怎麼看？你未來五年到十年的規劃是什麼？我也遇到過不少背景很出色的人，名校畢業、有曾在大公司工作的光環，但是這些人連自己哪怕只是一到三年的規劃也沒想過。這就是境界和格局的差別。對我們來說，這樣的應徵者就是完全不合格的，不會錄用。據我所知，很多互聯網公司招聘人才時都關心這一點，因此，有增量思維的人更容易在互聯網企業中獲得提升。

從公司選擇的角度來看也是如此。蘋果公司每年賺很多錢，是典型的「現金奶牛」，而亞馬遜每年虧損巨大。但是在整個華爾街，一旦有亞馬遜虧損的消息，其股價就大漲，蘋果公司一賺錢其股價就暴跌。市盈率是反映一個公司能否代表未來的非常重要的指標。到現在，亞馬遜的市盈率為173，反觀蘋果，只有13。

■

1／天才小熊貓：中國知名網紅，擅長使用「橋段＋故事」的模式，排版上以圖片為主，神展開的劇情和笑點，加上網路化的語言很親近使用者，就連業配文都讓人覺得很有趣。

2／後設認知：Metacognition，或譯為元認知。指對自己的認知過程（包括：記憶、感知、計算、聯想等各項）的思考。

為什麼是這樣?很簡單,就是關注增長、關注存量的思維導致的。蘋果的智慧手機已達到人們想像力的極限。而亞馬遜的新電商物流體系、AWS雲端運算、一整套人工智慧的篩選體系,才被華爾街認為是未來塑造人類新商業文化的動力。如果讓中國丈母娘來當華爾街分析師,恐怕他們只會看公司帳上躺了多少現金,她們會喜歡蘋果公司,畢竟蘋果公司是土豪,帳上有錢。

但很可惜華爾街不是中國丈母娘,他們喜歡亞馬遜所做的東西,那象徵著未來和行業發展。資本市場關注增量、增長,不問你已經取得了什麼成績,而想看你未來想取得什麼成就,透過什麼方式取得。

即便是關注增量,也有很多種不同的視角。有的人不關注增長,而是關注增長的增長,即是增長率;有的人甚至不關心增長率,而是關心突破預期的增長率。總而言之,人類自踏入互聯網時代以來,已經被綁上了一輛奪命狂奔、永遠只看增量與增長的戰車,永不停歇。

現在沒有你想得那麼重要

不少粉絲私訊給我,內容大同小異:我好慘,我沒考上大學,負債累累,媽媽病

→102

了，爸爸失業，全家都很慘，我要怎麼辦？

其實這些描述看問題的角度也是錯的，任何負面資訊，本質也只是存量。

你是什麼？想做什麼？未來會做出什麼？這都不是最重要的，我們要做的是不要讓存量問題影響我們增量的增長。很多人遇到困難自怨自艾：我沒考上好大學；我這輩子都沒戲了，我是個爛人；我父母早亡，只能自暴自棄……這是典型的為了存量自甘墮落，這樣做影響了自己的增量。

這個時代既殘酷，也溫柔。殘酷的是，成就與光榮一旦發生，就沒有任何價值了；溫柔的是，失敗與困難一旦出現，也變得無足輕重。手裡有一千萬現金和欠了一千萬的債，本質上不影響任何事情。蘋果公司有幾百億美金現金趴在帳上花不出去，愁眉苦臉，而亞馬遜每季虧損十幾億美金，心中卻有企圖，從不感到慌張。

影響你內心深處的東西，並不是你是千萬富翁還是「千萬負翁」，父母是飛黃騰達還是病重在床。重要的是你要回到內心深處，問問自己想做什麼？能做什麼？未來的十年對你的意義是什麼？外在的存量即便再不樂觀，但和內心堅定認為的事情相比，都顯得無足輕重。

是否背愛馬仕的包、穿訂製的西裝不重要，一個人打扮成犀利哥[3]，也是一種路線。金庸的小說裡，有武當、少林、崆峒、峨眉，華山派還有劍宗氣宗之分。無論哪門哪派最後總要華山論劍，比賽場上見真章。

不要被現在的存量羈絆，目光要緊盯增量，做從未來看正確的事，其實有些人真的已經這樣去做了。

我有一位聽眾，今年二十八歲。畢業那年檢查出了血液相關疾病，之後幾年時間病情反反覆覆，工作也是斷斷續續，至今未能有存款。因為自己身體不好，媽媽得了憂鬱症，爸爸也患有糖尿病，每個月一家人的醫藥費加起來讓他的家庭難以承受。但他知道這世界也有很多很苦的人，他依舊想拼命去努力，不希望其他人因為他的情況而有可憐他的想法。他並不想接受特殊的照顧，而是從病痛的考驗中發現了機會和人生的方向，他希望透過互聯網的疾病互助平臺，踐行公益，幫助更多的人。

這位聽眾就做出了很好的榜樣，他沒有自怨自艾，沒有自暴自棄，而是努力從增量的思維出發。雖然處在一個比大多數人都艱苦的環境中，但他也沒有逃避，仍然透過個人奮鬥創造價值，與他人交換價值。事實就是這樣，社會並不會因為你遭受的苦難而放鬆對你的準則和要求，最終，還是要找到自己真正可以為社會創造價值的地方，然後與社會充分地交換價值，擺脫命運對你的束縛。

畫餅，畫一張漂亮的餅

畫餅，通常被認為是「不可靠」和「瞎掰胡扯」的代名詞，但我認為這是對新時代人才的核心需求。新時代需要真正具有創新能力、獨立思考能力、資訊處理能力的人才，因為這些人可以在企業危難之際力挽狂瀾，顛覆式的創新就發生在這些人身上。這種人多了，我敢把公司託付給他們；這樣的人多了，才能推進公司的正向循環。大家一起討論，就像五個「諸葛亮」在一起，這公司能不發展嗎？社會反覆變異和進化的過程，要求一個人對於戰略、市場、競爭對手以及彼此的優缺點有清晰的認識，並能夠準確地表達，進行合作。

這種能力，其實就是「畫餅」的能力。

畫餅不是瞎掰，而是對於事情本質的深刻判斷。普通人以成敗論英雄，不關心成敗背後的故事。比如同樣是比武，劍宗贏了，普通人會認為他就是厲害，而真正的高手心中會想：這次我們贏了，很險。我們只是這個地方做得好，對手疏忽了。很可能五個月後的比賽，會發生變化。

3／犀利哥：二〇一〇年初在中國浙江寧波流浪行乞。偶然被路人以相機拍攝下一組照片，並發表在網路上。相片中的乞丐造型獨特，衣著另類，表情冷峻，因此爆紅並獲得「犀利哥」的封號。

外行看熱鬧，內行看門道。內行的人開公司，會知道影響公司的真正的決定因素。出版這本書之前，我透過朋友介紹，認識了我的版權經紀人曉媛。我們通話了一小時，算是對彼此的瞭解和考察，然後一拍即合。至於什麼時候簽約，幾個月的出版週期，怎麼分錢，都沒談。所有的溝通都圍繞著對內容和趨勢的把握。

畫餅本質上是戰略判斷，是「道」。那些具體的問題是「術」，也就是執行層面。我不相信對「道」的層面想清楚的人，「術」會做不好。因為往往對「道」有深刻的理解的人，對「術」也有一定程度上的把握。

這些高人即使整個環節的細節事項自己做不了，也知道找到什麼人透過什麼方法可以去做。因為他們對整個行業趨勢有所瞭解。

畫餅的前提是必須做出一兩個成功的案例，才能讓對方相信你橫向擴展的能力。比如做版權經紀人、開經紀公司，要在初期階段形成一整套與作者的互動以及集結社會資源的能力，做「炸」了兩次，出幾個爆紅款，就可以有足夠的話語權。可以讓合作者感覺到，他先具備識別能「炸」的人的能力，其次能識別出能「炸」的材料，還有辦法讓它「炸」。這樣畫的餅就很漂亮了，別人也會發自內心地信服。

而這些恰恰是普通人最不關心的地方。有的人會以自己曾經的輝煌作為賣點，比如說從哈佛、耶魯畢業，在頂級公司工作過一段時間，這就是典型的存量思維，這只能證明他過去很會考試，以及透過名校的文憑拿到了一張高級上班族的入場券，卻沒有提出核心的觀點和價值，以及真正瞭解需要俘獲的對象族群，這樣的人就完全不會畫餅。

這個世界上真正成功的人，畫餅能力非常強。馬雲從杭州師範學院畢業，還考了好幾次。但他成了最優秀的人，就是因為他具有非常強的關注增量和畫餅的能力。他從一九九九年開始做阿里巴巴，二〇〇三年開始做淘寶，當中國人都不知道電商為何物的時候，他就開始行動了。二〇一〇年，當所有人都不知道「阿里雲」，甚至內部人都反對的時候，他孤注一擲做「阿里雲」。如今這些對於增量的判斷讓阿里巴巴始終走在互聯網行業的前端。因為是增量，所以大家沒見過，只有超強的畫餅能力，才能籠絡一幫優秀的人幫助自己。

我發現很多普通人覺得創業是運氣問題，聽眾聽了我的節目《財富自由革命之路》，碎了「三觀」，覺得我的成功就等於中了樂透。但是隨著學習的深入，才發現其實所有的個人成功都是必然事件，一定是透過他的實踐，對於複雜生活中一個小的方面取得了深刻理解，進而放大才獲得的。

成功者和失敗者之間，心智成熟和精神自由程度有著天差地別的距離。

我們不僅要努力，更要找到努力的方法。

終有一天，我們回首往事，
發現後來之人不再瑟瑟發抖，
這個世界從此溫暖光明，充滿希望。

校長馬雲教我的那些事

在這個想改變世界會被恥笑的年代，固執地堅持自我，就為了改變那一點點自己的世界。

→ 110

馬雲在北大演講時曾經說過這樣一段話：「我一直把北大的學子當做我的偶像，我一直考北大考不進。但是希望有一天，我能到北大當老師。」剛好我是從北大畢業的，但與他的說法恰恰相反，馬雲是我的偶像，而且是那種遙不可及的偶像，就好像我在小學時有足球夢，把羅納多（Cristiano Ronaldo）的海報貼在牆上一樣。

公司的環境是，除了我自己叫自己孫總，其他同事都叫我名字。我時常語重心長地問他們：「你們說，孫總什麼時候才能成為馬雲呢？」同事也會鄭重其事地告訴我：「宇晨，我們覺得，按照目前的發展趨勢，下個月就差不多了。」然後大家笑成一團。

我從沒想過能與馬雲產生什麼真正意義上的聯繫。因為我覺得不可能。可人生就像一盒巧克力，你永遠無法預知下一個吃到的是什麼味道。

初識湖畔大學

二〇一四年年底，有人跟我說，馬雲要辦一個商學院，叫湖畔大學，問我想不想去讀。

我的第一反應，這肯定是騙人的。馬雲日理萬機，怎麼會有時間辦學校呢？再說了，馬雲辦商學院，也輪不到我去啊。

不久之後，偶然認識的一個湖畔大學工作人員跟我確認了這個消息，然後就發來了湖畔大學的邀請函——一個非常普通的ＨＴＭＬ５頁面，一共四頁。

我當時創業不久，在中國還沒上過商學院，但看過許多其他商學院的招生簡介。絕大多數都在講述進入學校之後，學生會有多好的發展，校友網路如何龐大，會教多少知識。

……總而言之，看起來物美價廉，童叟無欺，絕對是划算買賣。

說實話，我原本想聽聽看，馬雲老師將如何打動我們。

結果是殘酷的。

對於我們的問題，馬雲老師回覆如下：

湖畔師資如何？

還沒想好。

湖畔學費多少？

還沒想好。

湖畔學員是誰？

還沒想好。

湖畔會教什麼知識？

還沒想好。

我震驚了。

那到底有什麼是想好的呢？

不過，我當時立即就申請了湖畔大學。簡單的邀請函反而讓我充滿信心和期待，因為它傳達出一種不一樣的氣質，或許是一些比現在商學院文化更多的東西，或許是一個偉大的企業家組織。總而言之，我知道，馬雲想做一些不一樣的東西，他想做一件持續三百年以上的事情。

簡單、克制、友好的HTML5頁面，要求我做到三件事：一是弘揚企業家精神；二是堅守底線；三是共同傳承中國的新商業文化。沒有任何商學院應該有的課時如何、老師是誰、師資及課程收費介紹。最特別的是湖畔大學不急著開課，而是要我們先把這代人需要承擔的使命、責任、價值觀想透，想深，想清楚。

這一看就知道是馬雲辦的商學院，別人肯定不會這麼做。這個世界上，只有馬雲創業最喜歡務虛，一開始就談使命談願景談價值觀。怎麼賺錢，不知道；怎麼活命，不知道；怎麼務實，不知道。只有先談談怎麼讓天下沒有難做的生意。

我在美國，也曾加入過這麼一家奇葩的公司——Ripple，在北京，也曾讀過這麼一所奇葩的大學——北大。他們與湖畔大學的共同點是，他們往往喜歡在別人務實的時候，務虛；在別人談實力的時候，談夢想；在別人談吃飽飯的時候，聊聊改變世界。

恬不知恥地說，我也是這樣的人啊。

在這個人人不敢談夢想，談夢想就是炒作的年代，為了夢想頑固地創業，奮鬥。

在這個想改變世界會被恥笑的年代，固執地堅持自我，就為了改變那一點點自己的世界。

在這個務虛成了大傻子的時代，在車庫裡、地鐵裡、咖啡館裡，成為那個一遍遍談使命、願景、價值觀的人。

準備報名資料的過程很複雜，需要介紹企業基本情況、繳納三年的企業納稅證明、沒有違法違規記錄……那一年的招收學員大多都是透過邀請而來。那時的湖畔大學並不出名，在我們這些學員不斷共建、宣傳之後，才漸漸為人所知。

第一次見馬雲沒怎麼說到話

二〇一五年一月二十六日，我去湖畔大學參加單獨面試。在四季湖畔的四季酒店。那時候見校長嚇得要死，生怕被校長問什麼，答不出，搞砸了面試。

結果不幸的是，我還是在走廊被校長抓到了。

校長見了我，打了招呼，我趕緊做了個自我介紹。
校長問：「創業幾年啦？」
我答：「已經三年多啦。」
校長說：「才三年呀，多大年紀呀？」
我答：「九〇年的，今年二十四歲。」
校長說：「才二十四呀。面試在哪個組？」
我答：「馮侖老師那個組，陳龍教授面試的。」
校長說：「好好面試。」
我如釋重負，趕緊開溜。
正準備走，校長拍了一下我的肩膀（又嚇了我一跳）：「真年輕！」
我驚魂未定地回到面試間，面試我的老師是萬通的董事長馮侖和螞蟻金服的首席戰略官陳龍。
馮侖的問題是：當你和你的企業在中國夠成功了以後，你會做什麼呢？
我一聽這個問題，馬上就有了一種找到歸屬的感覺。我一股腦地把自己苦大仇深的奮鬥經歷講了一遍。從二〇一二年創業到現在，我就是為了實現一些比賺錢更重要的事。

我懷著「雖然只有兩顆雞蛋但是卻有一顆開養雞場的心」，把我對未來中國商業文化的理解，如何為商業文化添磚加瓦的想法完整地闡述了一遍。

我的面試很快結束了，我依然忐忑不安。因為我就是那個從來沒怎麼打過仗的菜鳥新兵啊。屬於我的未來，在何處呢？

二〇一五年，因為《魯豫有約》的緣故，我才知道當時馮侖對我的評價。馮侖說，當時一聽我的答案，就知道我是北大畢業的，因為那一股想多做點比賺錢多的事情的衝勁，是掩蓋不住的。

我想，這也就是母校給我身上留下的最大的痕跡吧。無論是好，是壞。

面試結束後，馬雲帶著所有校董進行了一場簡單的演講。

他身著一貫的黃色毛衣，講了他創辦湖畔大學的初衷與想法。他說：「第一期被錄取的人，將是湖畔一期，就如同黃埔一期一樣，會成為湖畔大學最早的共建者。這裡，會成為中國商業文化的黃埔軍校。」

演講結束後，許多面試者都去找馬雲合影，馬雲也很友好地接受了。我站在原地，猶豫再三，終究沒有鼓足勇氣去與他合影。因為馬雲是我的偶像，見到偶像，人總是容易膽怯，羞澀，患得患失。還有我覺得自己做的事情、所處的階段，還沒有重要到需要與他交流的地步。

我在一旁靜靜地看了一會兒，便離開了。

二月六日，我收到了湖畔大學的錄取通知書。

尊敬的孫宇晨同學：

經過「我選我的同學」和湖畔校董最終評定，我們非常榮幸邀請您正式成為湖畔大學第一屆學生，與校董共建這所屬於創業者的學校。

這份選擇來自於第一屆同學和校董們對您的一致認可，因為相信，所以相聚。

湖畔大學第一屆的學生將會是這所學校的共建者。

我們堅信企業家精神需要時間的考驗和歲月的洗禮。入學只是開始，第一屆學生在湖畔和創業歷程中必將成為具有企業家精神、令人尊敬的新一代創業者！

2015.2.6.

我深深知道，這是我就讀的第一所商學院，必將在未來很長時間內，塑造我的整個商業生涯。

不僅僅是我的老師

馬雲和湖畔大學真正關心的，是一個企業家如果把企業做得較為成功了，之後希望做些什麼。從原點上來看，湖畔大學願景就很高，因為它不在乎你的存量。其實，在中國成功並不難，真正重要的是成功以後要做什麼。

成為馬雲校長的徒弟轉眼已經兩年了，見面的次數自然多了很多。

開學典禮，他教我們學習失敗，講了使命、願景、價值觀。

開學第一個主題，他連講了四五個小時的公司戰略，手把手教每個人「活下去」(build to last)。

在股災過後哀鴻遍野的時候，他開了一次大會為我們樹立信心。

他帶著我們吃著火鍋，坐著車到青島見張瑞敏[1]，到傳統企業逛了一圈。

他時不時地不打招呼就出現在教室的後方，讓我們毛骨悚然。

在此期間，我也發揮菜鳥新兵的特長，給校長搗了兩次「亂」。

第一次是校長講使命、願景、價值觀時，到了提問時間，我站起來提了一個我想了半天覺得最刁鑽的問題，「阿里巴巴的使命是讓天下沒有難做的生意，您也在許多場合講過阿里巴巴不做遊戲，但是為什麼這幾年阿里巴巴也在遊戲領域開始布局，成立了『阿里遊戲』呢？」

當時我提完問題，整個台下都安靜了，大家都在想這個「找死小王子」肯定是讀膩了想被開除。

校長沉吟了一下，答道：「我對遊戲的判斷是有變化的。我以前認為遊戲對於人的傷害很大，但是史玉柱[2]改變了我的看法。遊戲公司也有很多偉大的公司，我們最近去芬蘭看的Supercell就是一家很好的公司。玩遊戲也是一個人的重要娛樂項目。不過我仍然堅持青少年應該少打遊戲的看法，阿里旗下的遊戲現在也是有嚴格的年齡限制的。」

這時候，史玉柱也站起來，幫校長說，「遊戲公司是我帶他去看的，他現在挺喜歡遊戲的。他原本不相信有特別喜歡打遊戲的人，後來見到了我，他就相信了。」

1／張瑞敏：中國家電知名品牌「海爾」的創辦人。

2／史玉柱：巨人網路公司董事會主席，從負債到富比世排行榜富豪再到負債而又重新身價百億，極具傳奇色彩。

這讓我感到，即便是偉大的企業家，看問題也是要隨著時代的發展不斷變化的，企業家最終核心競爭力是對問題的看法不斷更新的能力。

馬雲不是一個教主，他不需要去捍衛一個一成不變的觀點或理論。讓他變得偉大的恰恰是他的與時俱進、向他人學習的能力。馬雲很快就發現遊戲與電商一樣，都是有利於消費者、有利於企業發展的行業，這樣的行業必然會誕生偉大的企業，於是阿里巴巴就迅速進入了遊戲行業。

這就是一個偉大企業家的成長歷程，他懂得學習，懂得應變，懂得迅速瞭解市場、適應市場、贏得市場。

第二次「搗亂」是在二〇一六年七月，馬雲帶湖畔大學兩期學員一起參訪海爾。那一次學習，張瑞敏講了兩三個小時的「創新社會化開放創業平臺」。

說實話，我不看好，因為這幾乎將國外的「眾創空間[3]模式」完全照搬到海爾，這是房地產的玩法，也可能是投資的玩法，但絕對不是白色家電傳統企業——海爾能夠做好的。

我將我的質疑很坦誠地向張瑞敏提了出來，張首席進行了回應，但讓我印象更深的是馬雲校長的回應：「總有一天你的企業會大，總有一天你的企業會複雜，總有一天你的企業會有很多包袱，總有一天你的很多東西要改變和轉型。今天在中國企業界裡面，經歷過這個考驗並有勇氣去改變，卻還有這麼大規模的企業寥寥無幾。海爾三十二年的風風雨雨，有很多的累積，其實這是一個很經典的案例。每次跟張首席的交流，了解他的想法，對於我來說是很有幫助的。」

這一次讓我更深地瞭解到，海爾變革的背後可能不僅僅是對社會化創新平臺的一種理解，更重要的，是一個經營長達三十二年的企業不斷自驅前進的自我鞭策。

三十二年，本身就在向我們昭告著什麼。張首席孤獨地探索，對我們每一個創業者都有非常大的借鑒意義。這讓我想到，總有一天我們會面對這個問題，面對這些考驗，我們會做什麼？我們會如何面對？我們如何真正地去解決這些問題？

我也十分感恩湖畔大學能在我這個創業者創業年齡滿五歲的時候就讓我去思索：企業三十二歲的時候，會碰到什麼樣的問題？會遇到什麼樣的挑戰？也許這就是我們真正需要學習的。

3／眾創空間：專門設立為創業者提供的聯合辦公場域。

馬雲老師說：「短暫的激情是不值錢的，只有持久的激情才是賺錢的。」而他早已經在思考賺錢之後的事情，這想必是永恆的激情。我正在追隨偶像的腳步，朝著永恆邁進。就像一個虔誠的佈道者，不會被眼前的雪山嚇倒，不會因身上的衣服單薄而退縮。即便瑟瑟發抖，依然單純地相信著。

我已經開始攀登了。

→ 122

All in
一個波瀾壯闊的事業

PART

❸

相信個人奮鬥、獲得個人成功，
是這個世界最體面、最值得驕傲的事情。

一個人就是一個時代

也許在未來，我們並不需要一份工作，我們需要這個時代對我們個性的認可，接受我們天性的釋放，承認我們才華的存在。

→ 126

不知不覺間，我成了一個「網紅」。

起因非常偶然，在湖畔大學上課時，我與二期的同學——「喜馬拉雅」的創辦人余建軍偶然在課間聊天，聽我說了一遍九〇後在行動互聯網致富的神奇故事之後，他被震驚了，強烈建議我去「喜馬拉雅ＦＭ」開一檔節目。

我當時想，雖然從來沒做過任何付費音訊課程，也沒有當主播的底子（去聽聽就知道我們的節目很口語化，不是字正腔圓的播音腔），但如果能透過這個平臺，讓更多年輕人瞭解我的致富方法，完成「三觀革命」，適應飛速發展的行動互聯網時代，倒也是完成了馬校長對我們「能證明影響社會」的入學要求。

我忐忑地答應了，並將節目名字確定為《財富自由革命之路》。

準備倉促，有諸多不完美的地方，但當我把想法告訴周邊的人時，他們都願意支持我的想法。馬東、吳曉波、馮侖、魯豫老師，我的好友同道大叔都親自為我錄了真人版的推薦語，湖畔大學的同學們也在社交圈裡幫我推薦。節目上線後一週之內，就成為「喜馬拉雅暢銷榜」與「新品榜」的雙料冠軍。節目當天上線的文章《關於五分鐘通向財富自由的一組問答》點閱率更是突破一千兩百五十萬，成為新浪微博當天最熱門的財經事件。

節目持續火熱，到了二〇一七年一月一日的新年，我的微博粉絲突破一百萬，一九九元門檻的語言付費社群人數突破了五千人，節目也達成了千萬元的銷售額。蜂擁而來的是各種採訪，替我冠上各種頭銜，財經媒體在報導我時，說我是「九〇後知識網紅第一人」。

從大數據來看，我真的成了一個網紅。

⚠ 屬於每個人的小時代

其實在二〇一五年，我就開始關注網紅現象了，那時張大奕、雪梨等以微博為基礎的「淘寶網紅」嶄露頭角，我的好基友同道大叔，在星座領域剛剛發聲，但已經能讓人隱隱感受到他日後的巨大成功。

到二〇一六年，以「知識網紅為基礎」的社群，更是史無前例的大爆發，「得到」APP和「喜馬拉雅」APP更向我們昭告著，未來極有可能是一個社群網紅的時代。

毫無疑問，網紅是屬於我們這個時代的產物，是屬於我們這代人的最大紅利。

網紅是從互聯網產生的自賦權威的新偶像。

網紅們的權威與流行，不來自於權力的任命，也不來自於傳統傳播管道的賦權，更不來自於血統的傳承。網紅是自賦權威的，他們的權威來自於自身魅力，不來自於任何外在力量。在網紅的世界裡，不靠爸、不靠錢，靠的是真正打動人的魅力人格，靠的是內容，靠的是社群——這才是網紅權力的真正來源。

因此，網紅是這個時代所有人逆轉勝的一種可能，也向我們昭告了一個未來。也許未來一個人就是一個公司，一個人就是一支隊伍，一個人就是一個時代。

這個時代，是屬於我們每個人的小時代。

網紅的出現，讓年輕人可以不需要一個身處編制之下的正式工作，單單依靠自己和喜愛自己的社群，就能在互聯網月入上萬。自我賦權，自我賦錢，這樣的日子過得簡直太舒服啊。

我創辦的「陪我」APP，從二〇一七年一月二十七日到二月二日，過年的七天時間裡，我們做了一次新年大賞活動，鼓勵主播開播，贏得官方推薦獎品。

僅僅在這七天時間內，「陪我」排名第一的九號主播「花太子」收入人民幣八萬三千元，第二名八萬一千元，第三名八萬元，前三名都突破了八萬元。而前十名，收入皆突破一萬元大關。

目前，「陪我」每月全站第一的主播收入穩定在二十萬元人民幣，前十名主播月入突破五萬元，而每月收入破萬的主播在三百人左右。

我們預計這個數據在二〇一七年年底至少會再翻一倍。

屬於網紅的時代到來了。

在我們父輩那一代，即便他們擁有幽默的表達、動人的歌喉、討巧的表演、喜愛他的粉絲，但依舊無法依此養活自己，不得不放棄夢想，最終回歸一份平凡的工作，依附體制、依附權威，拿一份微薄的薪水。

而行動互聯網給了每個人空前的機會接觸到全世界的所有人。只要你具有獨特性、具有魅力人格體，那麼搞笑的節目主持風格、悅耳動人的歌喉、爆笑的表達口才、無厘頭的表演形式，皆能打動你的粉絲、凝聚你的社群、拓寬你的影響力，進而獲得流量、收入，依靠自己的愛好和夢想，過著自己喜愛的生活。

我們再也不用擔心受怕自己的愛好無法養活自己了，這是一個珍惜理想，愛惜才華，鼓勵做夢的時代！

這是一個屬於你的，屬於每個網紅的小時代！

人人皆可成為網紅

網紅是個平等的產物。平等，意味著人人都可以自賦權威，人人都可以成為中心，只要你擁有魅力人格，擁有社群與粉絲。這裡沒有繁雜的行政流程，沒有複雜的資格門檻，更沒有關於年齡、性別、信仰、種族、學歷的歧視。

我們可以清楚地預見，這個時代，將會有越來越多的人經由展示自我、出售自身的技能、表達自我的想法、發展自己的節目來獲得財富，來獲得認可，過自己夢想的生活。

「陪我」APP的主播9號「花太子」是一位九三年的「陪我」忠實用戶，也是一個來自於河北秦皇島的普通旅館的店長。沒有「陪我」之前，他毫無激情地經營著一家小旅館，每天過著如同行屍走肉的日子，直到他的人生打開了一個完全不同的世界。

起先，在「陪我」上，他是一個很願意陪女生聊天的男生，在「陪我」裡當上了主播，「陪我」上的女生對他的聊天水準都表示極大的讚賞。問他是否有其他男生可以推薦，甚至有人開始慫恿他為什麼不開個直播間，把自己認識的會聊天的男生推薦出來呢？

花太子說做就做，依靠自身的組織能力與表演才華，在「陪我」上辦了一個節目叫「九號會館」，集合了一大幫他認識的、好玩有趣的男生。因為口碑效應，每天晚上都有大量女性使用者來他的直播間，他就可以把這些好玩有趣的男生推銷出去，陪女性使用者聊天解悶。女性使用者則透過打賞來購買他的服務。

女生們還會根據這些男生的聊天專業程度打分數，玩得不亦樂乎。三個月下來，他旗下的男生已經突破了一百名，每月為花太子的直播間帶來二十萬的收入。

花太子也從一個普通的旅館店長，變成了在「陪我」上有人氣、有實力、有粉絲的「網紅大V」。月入二十萬，這也是他進入「陪我」之前從來沒有想過的。白天，他是一位普通旅館店長，而晚上，他則是一位有威望的「陪我大V」。一個普通店長，變成一個互聯網上呼風喚雨的「大V」，花太子僅花了三個月時間。

「這可能是我人生中最值得的三個月！」花太子對我說。

我發自內心地為他高興。

依靠自己的聊天才華、組織能力，只花了三個月，就從草根平民變成APP「大V」，中間沒有苦情戲，一路順風順水，這可能是我見過的最接地氣、最好玩、最開心的創業形式了。

這就是網紅的世界。

未來，我們不需要一份工作

網紅時代，可能給我們帶來的一個最大的改變就是，我們不再需要一份工作了。

工作對於絕大多數人來說，是安身立命之本，但在網紅時代，這個界線會漸漸模糊。什麼才算是一份工作呢？

按照我們父母的期待，也許一份正式的、朝九晚五的、踏實穩定的辦公室生活，才是他們所說的「正經」工作。

如果沒有「正經」工作，年輕人在他們眼中，多半是不務正業的反面典型。而也許在不久的未來，我們父母想像中的狹隘的工作類型將被消解，最終不復存在。

那些以玩為工作，把工作當成玩的年輕人，會借助行動互聯網的彎道超車，不僅報酬遠遠高於「正經」工作，這份「玩即是工作，工作即是玩」的態度，也將大幅提升他人生的幸福度。

我有一位聽眾，到現在基本上沒有做過任何「正經」工作。

她永遠在讀書，目前已經拿到理科、工科、商科三個學位，永遠是喜歡什麼，便去學習什麼，永遠走在時代前端。與此同時，她也沒花過家裡一分錢，她一方面在亞馬遜上與人合夥做電商，同時為自媒體寫作、做直播節目網紅，這多份職業，每月至少能給她帶來三萬元收入，甚至即便在考試最繁忙的期間，一個月的被動收入也有五千元。

在「陪我」APP上，這樣沒有「正經」工作，但是活得很開心的年輕人也越來越多。一種工作，一個詞彙，已經不能完全定義他們。

上午，他們是一名勤學上進的學生，夜晚，他們是熟練的電商合夥人。白天，他是一名互聯網公司的資深程式設計師，夜晚，他成了一名在「陪我」直播間頗有名氣的吉他手。

昨天，他還是網路媒體一名專業度強、競競業業的小編，明天，他就成了在自媒體界揚名立萬的「網紅大V」。

這些現象早已不鮮見，它無時無刻不在提醒著我們，也許在未來，我們並不需要一份工作，我們需要這個時代對我們個性的認可，接受我們天性的釋放，承認我們才華的存在。

我們需要屬於每一個人的小時代。

→134

當一個外星人

隨著自己創業時間越來越長，我發現很多事情如果你自己本身沒有興趣的話，是絕對無法堅持做下去的，到時候事業就成了痛苦，這可能是最糟糕的情況。

傳統企業家朋友經常會疑惑，為什麼在這個世紀互聯網興起之後，世界會有如此大的變化。這不僅讓他們看不懂，更讓他們感到惶恐。雖然現在他們企業的發展依舊不錯，可面對新時代、新趨勢，他們不知所措。

這是互聯網的本質屬性——跨界所造成的，跨界可以大幅增加勢能，將以往可能的效果呈成倍增加。

勢能本來是個物理名詞，這裡的意思是一種快速增長的能力，而且勢能是可以相互轉化的。劉慈欣著名的科幻小說《三體》裡面有一個術語叫「降維攻擊」。好比以前的人都生活在三維世界裡，現在突然來了一個二維世界的人，由於他生活在一個完全不同的世界，會帶給三維世界的人很多不一樣的看法，不一樣的事物認知形態。這個二維世界的人也會發現三維世界的一些致命的弱點，並且對這些致命弱點進行攻擊並取得勝利。

對於我們這一代創業者來說，自我定位就是希望自己能夠成為一個外星人。最初馬雲推行電子商務理念的時候，在當時的中國來看，很有可能也是一種來自外星的理念，大多數人不僅不理解，而且不看好。當然最終的結果是「外星人降維攻擊」，傳統的互聯網公司，甚至傳統的零售行業發生了翻天覆地的改變。

二〇一六年下半年，透過和湖畔大學的同學，「喜馬拉雅」CEO余建軍先生的溝通，我決定成為喜馬拉雅電臺的主播，推出自己的付費音訊節目《財富自由革命之路》，開始了由互聯網創業者向「知識網紅」的跨界。

不到半年時間，勢能增加得非常明顯。透過節目與聽眾的互動，我開始推行並普及自己的互聯網價值觀，讓中國更多的年輕人在最需要觀念重塑的年齡找到了志同道合的歸屬。不久，我的社群規模達到數萬人，由於我個人在「喜馬拉雅」和微博上的影響力不斷擴大，我公司的產品「陪我」APP也逐漸被更多人所知道、所使用、所喜愛，而這樣的推廣成本趨近於零。從經濟效益方面看，付費節目的販售也獲取可觀的收入，讓公司的投資人和員工對公司更有信心。

這個過程中，我個人也因為跨界成長了許多。以前，多多少少有些年少輕狂，認為做節目就是侃侃而談，輕輕鬆鬆就增加了影響力、賺到了錢。實踐是檢驗真理的唯一標準，自己真正做節目了才知道，其中的困難是難以想像的，節目上線的兩個月前開始，我和同事們就沒日沒夜地準備。自己因為公司日常還有大量的事務，節目大綱和內容的撰寫只能在夜深人靜的時候或出差的路上完成。很多次節目都只能在見完合作夥伴之後推掉應酬，自己在旅館完成錄製。每天還要閱讀大量社群朋友的問題，按時回答，只恨自己的一天為什麼只有二十四個小時。唯一的好處可能是因為時常忘記吃飯，體重控制得越來越好了。

跨界之後，才真正知道新的領域是怎樣的風景，新的路上有怎樣的荊棘，而之前的是自己多麼無知。還好，我一直在堅持，這種堅持也讓我和我的團隊受益良多。

⏃ 跨界，要坐上火箭

如何才能夠跨入美麗新世界而不是萬丈深淵，是跨界首先要解決的戰略性問題。其實答案很簡單，那就是把握互聯網行業的大方向後再跨入互聯網，尤其是從傳統行業跨入互聯網。我的一位聽眾在做電線這樣的傳統行業，覺得這行業利潤微薄，價格透明，欠款嚴重，競爭激烈，力不從心，雖然已經有三十多萬的投資，依然感覺前路迷茫。

對他來說，這是正常的現象，因為他認為傳統電線行業利潤本來微薄。其實本質上做任何行業的利潤都是微薄的，因為市場競爭會讓每個行業最後的利潤率都歸於一個正常的狀態，就是我們所說的利潤微薄、價格透明、競爭激烈。傳統行業成為這樣的狀態，只不過是這個行業長期成熟發展的一個必然結果。對於八〇後的他來說，首先要完成跨界，也就是脫離原有的傳統電線行業，利用存款完成轉行。

在跨界的實際做法中，他要進入一個一線大城市的朝陽行業，就像 Facebook 首席運營官桑德柏格（Sheryl Kara Sandberg）說的，最重要的是「get on a rocket」，就是要坐上一架火箭，至於火箭本身坐到哪裡無所謂。進入大城市就是先上了一架火箭，這樣可以盡可能地即使去除你能力的因素，你也能混得不錯，因為你一開始就有行業優勢和城市優勢。

在這個基礎上，他目前用錢投資是不太明智的。業界標竿「文藝復興科技」[1]，一九八九年到二〇〇六年平均年化利率38.5%，就連股神巴菲特也難以望其項背。即便按照「文藝復興科技」的水準，三十萬全部投資，做到最優秀的情況，也就一年多賺十萬，平均一個月才八千元，況且這在現實中是不可能實現的。而且中國的P2P[2]行業和A股[3]整體風險比較大，血本無歸也是有可能的。對他來說，優選還是取出現金，用為跨界時切換城市和行業的早期投資，這個投資是非常必要的。

1／文藝復興科技：Renaissance Technologies Corp.，為對沖基金管理公司，由世界級的數學家James Simons創立。

2／P2P：Peer-to-Peer Lending，個人對個人信貸。

3／A股：中國股市中的其中一種股別。公司需成立於中國，並在上海或深圳股市掛牌，A股以人民幣計價，中國當地投資人或合格外國機構投資人才能投資買賣。

跨界，從興趣入手

在明確跨界的方向是互聯網行業，並透過大城市實現的基礎上，從興趣入手是非常好的方式。我有一個朋友，從事傳統媒體的工作，興趣是書法藝術，而且書法是家傳，積澱很深。他不僅非常喜歡傳道授業的感覺，還認為自己有責任將書法繼續傳承下去。但要不要因此辭職開始跨界創業，他還有些猶豫。

他從興趣入手的跨界思考是非常正確的。開辦書法學校這個主意，最重要的還是要去分析自己對做書法學校本身有沒有興趣，而不要去將傳承書法作為創業的出發點，在這裡使命感和責任感並不重要。因為無論做什麼事情，興趣是大過天的，一旦開始跨界，很可能是很長久的工作，是一輩子的事情。隨著自己創業時間越來越長，我發現很多事情如果你自己本身沒有興趣的話，是絕對無法堅持做下去的，到時候事業就成了痛苦，這可能是最糟糕的情況。因此，排除責任感使命感的壓力，認真思考自己喜不喜歡書法，才是選擇是否跨界的大前提。

確定了自己對於書法藝術的興趣和熱愛，加上他喜歡傳道授業解惑，那麼開設一間書法學校是完全沒問題的。互聯網時代的一個重要特質就是社群精準化，每一個愛好都會有它相應的人群。所以其實如果開一間書法學校，如果有一千個人很喜歡這個書法學校，能夠追隨你不斷提升書法藝術造詣，那這次的跨界和創業就是非常成功的。

而且書法藝術非常適合互聯網創業，已經有很多現成的例子作為參考，在「喜馬拉雅」中，田藝苗女士就透過付費音訊的方式教授古典音樂，而蔣勳先生則透過音訊節目解讀古典名著《紅樓夢》。同為古典藝術的書法也可以透過互聯網煥發勃勃生機。至於節目的形態可以再加以深度考慮，可能利用視頻方式會更好一些，但只要有興趣，透過互聯網，個人勢能和書法藝術都可以有更大的發展空間。

十 跨界，在互聯網中橫向完成

不僅從傳統行業到互聯網可以實現跨界，在互聯網行業中，也可以進行內部的橫向跨界。曾有一個天貓超市工作人員，雖然已經進入互聯網行業，但並不喜歡這份工作。她的夢想是當一個歌手，她除了需要購買很多課程之外，還要跟老師學習，但她資金不是很充裕，對於希望能在未來舉辦自己演唱會的她來說，有些不知所措。

我們要感謝生活在這樣一個互聯網時代。以前，一個人想出頭是非常難的，因為如她一樣的草根歌手，沒有辦法接觸到絕大多數人，無法讓大眾看到自己的作品，而現在，互聯網上已經有非常多的網站、學習平臺，能為草根歌手提供錄製音樂的環境，甚至歌曲可以發行，歌手成為紅人。現在有很多「網路歌手」已經發展得不錯，很多人都是從這些音樂社群平台出來的。

而這些平臺又可以解決資金不足的問題，絕大多數人在互聯網上錄製自己的專輯，去接觸第一批喜愛他的使用者，不需要很多成本，甚至可能零成本。在這個過程中，如果她真的有天賦、有才華，就能夠擁有自己的核心粉絲，他們會資助她，幫她完成自己的音樂夢想。加上如今版權意識不斷提升，相應機制越來越完善，未來五到十年，對於獨立歌手和獨立音樂人來說，是真正的黃金時代。

我堅信未來的五到十年，會有大量的獨立音樂歌手，依靠著一個個獨立音樂人的平臺逐漸發展起來。她的音樂夢想，很有可能會實現。

在互聯網時代，每一個力圖奮進的人都希望自己進化，在技術不斷成熟的今天，從人類進化成為外星人，經由「降維攻擊」，實現自己的目標。

邁出第一步，並不是因為這一步一定可以跨進美麗新世界，而是作為一名外星人，如果不來到地球，地球人並不知道外星人是否真的存在過。

我思故我在，邁出第一步，讓自己和別人，都知道外星人的存在。

真正的快樂，
不來自於周遭的認可，不來自於父母的認可，
來自於對自我人生的掌控，對自我成長的喜悅。

危機與機會並存的互聯網時代

在這個時代，每個人都有可能透過自己的努力實現自己的理想，與他人合作，開創偉大的事業。

→ 144

互聯網時代，是一個危機與機會並存的時代。

這個時代中，所有以往建立在工業體系下的行業，都在發生翻天覆地的轉型。前段時間，我節目社群裡有朋友跟我說，自己的大學科系是石油化工專業，現在在石油化工企業的薪資很低，前途堪憂。這就是大時代轉變中產業結構轉型的個人投射形態，投射到個人身上就是這樣的表現。

不僅是他，我在北大中文系的很多同學，畢業之後去傳統媒體的報紙和雜誌社工作。如今傳統媒體不斷式微，報紙印了沒人看，雜誌發放沒人理，不僅沒了廣告收入，寫作的成就感也趨近於零。對於他們來說，新聞理想和職業發展陷入了雙重困境，而每月薪資單上的數字更是加劇了這種憂慮。

在這個時代，每個人都會遇到轉型中的困惑和迷茫，這是一個非常大的挑戰，不僅對個人而言，對整個社會、整個國家來說都是這樣。

這是工業社會將面臨的最後一次轉型，是從以家庭為單位的工業生產社會轉向以個人為單位的互聯網社會的轉型，這是一個大的趨勢，是不可抗拒的。

不過好消息是，個人化解危機、抓住機會要比社會和國家容易得多。

互聯網時代的邏輯究竟是怎樣的呢？

你的也是我的

「共享」是互聯網時代的主旋律之一，在共享經濟之下，你的也是我的。而其中的代表當然是美國的「Uber」、「Airbnb」及中國的「滴滴出行」，它們對每一個人的改變都顯而易見，而它們自身的估值和發展也令人咋舌。

它們的邏輯都是一致的——房屋或者汽車的所有權屬於一個人，而這個人將房屋或者汽車在某個時段租賃給他人，已完成共享。除了這種在住宿和出行方面的直接共享，所有權明確後的分時租賃之外，互聯網底層技術也在推動共享的進一步發展。二〇一三年我加入了區塊鏈技術公司，美國矽谷的Ripple公司，當時在創辦的時候，已經有人開始思考用區塊鏈技術實現汽車的共享，相當於所有權的分時。具體的形式是，如果所有的汽車都使用區塊鏈智慧鎖的話，那麼這一段分時的所有權是屬於我的，我就可以開鎖，如果這個時間段不屬於我的，我就開不了這個鎖。而我如果想重新獲得這個汽車的所有權，只需要把錢付給汽車就可以了，真正實現了一輛汽車被所有人共享，被所有人擁有的意義。

在這個領域裡，未來的共享不僅僅是分時的租賃形態，更可能是這種分時的所有權形態。也就是這個車在如果沒人驅動它的時候，它就不屬於任何人，當有人把錢付給這輛車的時候，這個車在這個時間段上就屬於這一個人，那真正的共享意義就可能實現。

是你還是我？

二〇一六年，中國互聯網領域的一大熱門話題是行動直播的興起，市面湧現出超過一百個直播應用。經過一年的發展，我們可以看到，直播功能和社交功能不斷地在融合。

中國早期的視頻網站，尤其是土豆網，當時的標竿是美國視頻網站「Youtube」。Youtube的一個重要特色是它的視頻的產生幾乎全部是UGC[1]的，美國有許多優秀的用戶，他們願意拍攝自己生活的點點滴滴並且放到網上去。

1／UGC：User Generated Content，使用者原創內容。

然而，相同的形式在中國，情況就完全不一樣了。我們的攝影文化還沒有建立，中國找不到這麼多喜歡分享或者是願意把自己的視頻分享出去的人。或者即便他們願意拍攝分享，品質也不盡如人意。而這個問題，也是行動直播平臺所面臨的問題。在直播平臺上，能夠獨立產生優質內容的個體並不多。所以，在直播內容形態上，內容就變成了強大的護城河，這時候直播平臺之間的競爭壁壘都是比較低的。因為沒有這種使用者自發的高品質內容產生，最後就演化成了版權購買競爭和主播挖角競爭，本質是比誰錢多，比誰砸錢更狠。這樣的競爭非常血腥，也沒有任何專業技術可言。

視頻網站競爭到後期，基本上就是這種態勢，即便優酷和土豆合併後，占領了這個市場份額的80%，雖然份額大，也不代表高枕無憂。騰訊、愛奇藝開始砸錢，很快優酷土豆的市場份額就開始下降，平臺本身的價值也就隨之降低。

造成這種情況的原因在於，使用者追隨的是內容和主播個人，而非平臺。對於使用者來說，關心的內容是傅園慧也好、寧澤濤[2]也罷，他們去哪裡，用戶就去哪裡。而且平臺缺乏關係鏈累積，僅為使用者提供內容。用戶一旦想換平臺，因為沒有關係鏈的顧慮，置換成本很低，說換就換了。

社交與直播的融合帶給我們新的啟發。陌陌就是一個非常好的例證，陌陌在二〇一六年的財報數據非常亮眼，因為陌陌為直播形態提供了一個非常好的解決方案。陌陌的直播本質是一種社交直播形態，但是它本身還是個社交軟體，而它的直播分發，並不是電視臺性質的直播分發，陌陌是附近的人直播分發，用戶看到的是距離相近的普通人的直播。當然用戶也可以自己成為直播主，播給周圍的人看。在這種形態下，用戶看直播的動機除了內容本身好看之外，更可能希望與直播主發生社交連接。

這種直播的「社交化」，將以前的「頭部主播」[3]模式打散了，打成一個個碎片化的點，平臺就具有了優勢。首先，社交行為是發生在平臺上的，每一個用戶因為在平臺上有廣泛的社交關係鏈，所以平臺的遷移成本非常高，一旦離開去其他的平臺上，就沒有了之前的社交網路。所以一個用戶遷移到其他的直播平臺，即便開播了也沒有朋友來看，在新的平臺上，這個用戶是沒有受眾的。一個普通人，只能播給他的朋友，他不是「大V」，不是明星，其他人很難產生認同。

2／傅園慧、寧澤濤：皆為中國游泳隊高人氣運動員，傅園慧因接受媒體採訪時脫口說出「我使盡了洪荒之力」而大紅，洪荒之力更成為流行用語。

3／頭部主播：指直播平台當中點閱率前幾名的直播主，常被用來宣傳平臺團隊製作的專業化內容。

在這樣的社交網路中，使用者具備了與淘寶類似形態的特質，是一個「C to C」（Consumer to consumer）的平臺，消費者對消費者的平臺。在這樣的平臺中，一個女主播開播的時候，她是內容的製作者，她不播的時候，看別人的直播，她就是消費者，整個平臺的豐富性就大大增強了。

互聯網超強的包容性決定了各個產品形態之間的邊界逐漸模糊，融合不斷增強，社交與直播也只是其中的一個表現。

◬ 雖然是我的，但你都可以拿走

互聯網的開放性是它的根本特質之一，很多人都沒有意識到這一點，包括很多大企業。

我最初接受的創業教育是在美國矽谷完成的。矽谷的很多公司，哪怕是技術導向的公司，也都清一色是開源公司。他們把公司的原始程式碼和各種資源開放出去，讓大家一起參與，和別人一起做，一起共建，透過這種方式把公司變得強大。

但回到中國，情況就有所不同了。二〇一四年我一回國，很多人都問我：「你是不是擁有自主智慧財產權？」所謂「自主智慧財產權」，就是一個人發明了某個東西，趕緊藏著掖著，誰都不能知道，然後用它來賺錢。這種想法，其實早已經過時了，我的老師馬雲在湖畔大學跟我們說，阿里巴巴一直都是開放的。

阿里巴巴有一個非常重要的理念就是讓所有人參與進來，比如淘寶店的店主，阿里巴巴要為淘寶店的店主創造出價值，淘寶店店主只有真正在裡面賺了錢，整個阿里巴巴的生態系統才能賺錢。基本的理念是一以貫之的，這跟從前那種完全靠自主智慧財產權來賺錢的方式完全是兩碼子事。

我在湖畔大學上課越久，越了解開放的重要性。因為如果開放了，就變成大家一起去做一件非常偉大的事情，這個時候創辦人可能在公司的股份只占10％，甚至1％，但是由於這件事情夠偉大，所以你能得到的利益也是夠多的。

大家都知道，其實馬雲在阿里巴巴占的股份並不多，不到7％，但是他把阿里巴巴開放出去，開放給股東，開放給了生態，開放給各式各樣的人，最終阿里巴巴才能成為世界最知名的互聯網公司之一，成為中國企業在國際上的名片。

沒有背景也能成功

曾有一個微博粉絲向我傾訴，他是一個沒有什麼學歷和家庭背景的人，現在就是一名建築工人。做這份工作有五六年時間了，覺得自己並不喜歡這個行業，也沒有做出什麼成績。雖然他知道互聯網時代有很多機會，但因為自己的狀況而感到自卑，覺得自己無法融入這個時代。

我們必須知道，在互聯網時代，在高度競爭的市場經濟社會中，學歷和家庭背景都不是成功的必要因素。只有敏銳的商業嗅覺才是真正實現財富自由的核心價值。沒有學歷、沒有家庭背景，並不是你創造財富的阻礙，他對建築行業的瞭解程度，對行業理解的敏銳程度和對行業的熱愛程度決定了他在本行業的發展趨勢。

如果他對行動互聯網產品非常熱愛也非常喜歡，在互聯網領域有著大量與建築、房地產和裝修相關的公司企業，他們對於既熟悉建築行業又精於互聯網的人才求賢若渴，那麼他在傳統行業的累積，加上對互聯網行業的敏銳和喜歡，就可能取得成功。

我的公司中就有這樣的員工，他同樣沒什麼學歷和家庭背景，但因為自己是社交產品的重度使用者且具有相當程度的敏銳嗅覺，成為我們的產品經理，不僅獨當一面為公司創造了可觀的價值，更一步步實現著自己的人生理想。

學歷和家庭背景，在互聯網時代並不重要，重要的是對於行業的視野，和強大的執行力。

這是最好的時代，因為我們經歷著從未有過的共享、融合、開放和平等。在這個時代，每個人都有可能透過自己的努力實現自己的理想，與他人合作，開創偉大的事業。

永不放棄，努力追趕，是對這個時代最好的感恩。

全力以赴，或者一無所有

不論是工作、學習、感情還是創業，都會遇到很多困難，如果你沒有 All in，碰到那些困難你很自然就會想跑，想打退堂鼓，想走回頭路。

→ 154

All in 這個詞來自於最近這兩年創業圈很紅的一個遊戲——「德州撲克」的一個概念。All in 的動作，一般是玩家拿到好牌的時候，對整個局勢有著極為樂觀的判斷，會將自己所有的籌碼全部推到池子當中，這就是 All in。某運動用品巨頭以前有個廣告，同樣也說過 All in 這個概念，中文翻譯叫「全力以赴」，即是將所有的一切都投入進去，這個解讀相當貼切。德州撲克的魅力在於規則簡單、上手容易，但是精通很難。雖然有一定的運氣成分，但本質上是一個機率遊戲，最終比拼的是技術、耐心和膽量。

All in 的概念和動作與互聯網人的行事邏輯很吻合，當面臨一個機會時，你敢不敢全力以赴？

△ All in 是一種極佳的態度

適當的時候果斷選擇 All in，是獲得成功的重要手段。人的一生很難抓住幾次大的機會，即使時代浪潮襲捲而來，機會也並沒有想像地那麼多。每個人都是不同的個體，還需要判斷這些機會，哪些是真的機會，哪些是假的機會，哪些機會雖然是真的機會，但並不屬於特定的個體。比如對絕大多數年輕人來說，雖然知道一線城市的房價會不斷上漲，但由於並沒有很多的自有資金，因而投資一線城市房子的投資機會，是不屬於絕大多數年輕人的。

在這個基礎上，時代的洪流出現了機會。這個機會是真的機會，而且是屬於某個個體的，方方面面都合適，這時候如果沒有All in，就無法達到收益的最大化。戰略不夠聚焦、不夠集中、不能All in，基本上也就會錯過這個機會。

All in意味著破釜沉舟，完全阻斷了再走回頭路的可能，所有的一切都已經投入了，那就沒什麼好說的了，只能硬著頭皮往下走。不論是工作、學習、感情還是創業，都會遇到很多困難，如果你沒有All in，碰到那些困難你很自然就會想跑，想打退堂鼓，想走回頭路。但一旦投入，就等於遞交了投名狀，就不再猶豫，勇往直前。

全情投入的All in能讓周圍的人充分相信你。

在跟投資人打交道的過程當中，我發現一個創業者是否能夠All in，很多時候代表著創業者對自己事業的投入程度，這對於投資人來說是非常重要的。我聽到過這樣的例子，曾有一個名校資訊系的同學，一邊讀書一邊創業，雖然所創事業的想法最後被證明是非常優秀的，但他不想放棄學業，投資人最終沒有投資。其實雙方都沒有錯，創業者不希望放棄學業，萬一創業沒成功，自己的學位也沒有了，兩頭皆空；投資人也沒有錯，本來創業成功就是個低機率事件，即便全力以赴都未必能成，畏首畏尾更是讓人沒辦法信任。現在來看，如果當時他果斷輟學All in，或許能成就一番大事業。

工作中，尤其是創業初期，All in 是網羅同伴的重要方式。只有當你全身心投入，才可能讓同伴或者潛在的同伴相信，你是發自內心地相信自己的理想和信念，才有可能用你堅信的理念打動旁人。我們必須知道，一個早期的創業機會和創業理念，或者投資機會投資理念，認同的人必然是少數，只有透過 All in 才能讓他人認同，感召他們加入到自己的事業中。領導者的全力以赴能夠充分感染周邊的同事。

⚠ Warning! All in 有風險

All in 是一種態度，但 All in 本身也意味著風險。在「德州撲克」中，All in 並不能改變一個人的牌面大小，差的牌面不會因為玩家選擇 All in，就變成更好的牌面。所以，如果 All in 到了錯誤的方向，一定會輸。如果創業者選擇了錯誤的方向，例如在二〇一六年做 O2O [1]，二〇一七年做直播平臺，All in 只會讓創業者輸得更慘。在 All in 之前，只有在戰略判斷是基本正確或者完全正確的基礎上，才能 All in，因為 All in 本

[1] O2O：Online To Offline，指線上行銷、線上購買帶動線下經營和線下消費。

身並不會改變戰略的性質。

我人生的第一次 All in，就是在九歲那年隻身到武漢學圍棋。我破釜沉舟了，但圍棋並沒有那麼容易，自己也沒有那麼高的天賦，最終的結果也在意料之中。我衝段失敗，回到了家鄉。我的圍棋之路並沒有因為自己一意孤行的決定而變得順利，該失敗的，還是失敗了。

人生另一重風險在於，即便你在做一件正確的事情，從你 All in 到真正被證明是正確的，也有一段過程，而這個過程中也會有起起伏伏、反反覆覆，這時候你可能會擔驚受怕，甚至質疑自己最初的判斷。

我的投資經歷就是如此。二〇一三年的比特幣不被很多人認同，認為那像是騙人的東西，而我和周圍一起買比特幣的朋友，純粹出於對於加密密碼學貨幣的信仰，認準比特幣。那時的我真的是將手上有的錢，加上槓桿十幾萬美金，一股腦全都砸進去購入了比特幣。

之後很長一段時間，比特幣價值起起伏伏，猶如雲霄飛車一般。我一百多人民幣一枚購入，很短的時間內，一度漲到一千多人民幣一枚，然後一夜之間又從一千多腰斬到五百多人民幣一枚。雖然沒有跌破我購買的價格，但這種大起大落，依然讓我很多個晚上都夜不能寐。沒有很強大的內心和堅定的信仰，真的很難在經歷這種起伏時挺住。

如今，我當然不會後悔，因為比特幣投資已經成為我第一桶金的來源。但是即便當時失敗了，中間過程備受煎熬，也著實沒什麼可後悔的，因為All in就意味著風險。這種風險是自我選擇的，附加的代價就需要自己承擔。我慶幸自己賭對了，否則我會從一個很窮的留學生，變成了一個負債累累的更窮的留學生。

⚠ All in 互聯網

我的All in之路有很多機緣巧合的地方，尤其像比特幣這樣的機會，可能很少會再出現了。對於現在的年輕人，在戰略上應該如何選擇All in的方向呢？

我覺得，All in的方向依舊是互聯網行業。

在這一代年輕人年富力強的歲月裡，我還看不到能有哪一個行業可以像互聯網這樣不斷蓬勃向上，擁有如此昂揚的生命力。從二〇一六年開始，我們就看到了諸如網易、陌陌、微博等一批老牌應用迎來第二春，股價扶搖而上。映客、ofo這樣年輕的創業公司破土而出。美團、今日頭條和滴滴出行這樣的中堅力量有望登陸資本市場，更多像陪我APP這樣的初創公司會不斷發展，這就是互聯網時代浪潮中真實的機會。這種活生生的機會每天就這樣發生在我們的身邊、我們的眼前。

所以，對於每一個渴望提升自我的年輕人來說，來到大城市，加入一家互聯網創業公司，在互聯網創業公司中提升自我，是最佳的選擇。甚至，這可能是中國轉型中最後一條階級上升的通道。很有可能一個年輕人從小城市來到北京，加入互聯網創業公司，這個公司就是另一家阿里巴巴，創辦人就是小了三十歲的馬雲，而他就是十八羅漢之一。

人的一生應該這樣度過：當他回首往事的時候，不為模稜兩可的選擇而悔恨，也不為做了太多可有可無的事情而懊惱。他All in過、付出過、奮鬥過，一次把青春徹底燃燒，燃燒給一個偉大的事業，燃燒給一個波瀾壯闊的事業，這種價值，才是真正人生該有的樣子。

別猶豫，全力以赴，或者一無所有。

想好了，就上路

一個人第一次如何選擇，是種樹、種花還是種草，必須盡力想明白、想清楚。一旦做出決定，就要不折不扣地執行。

人生的第一次，很重要，因為第一次是最初始的、最基礎的，對於未來相關的一切都有著強烈的塑造和指導意義。這種意義，尤其發生在一個人的主動選擇上。所以，第一次並不是一個短暫而孤立的行為，它會與一個人的一生相伴，是最開始也是最持續的戰略。

每一個第一次，要盡力，不要將就；要果斷，不要猶豫。就像一個俠客習武練功，師從哪一門哪一派？究竟是練劍宗還是氣宗？是追隨張無忌鑽研《九陽真經》，還是追隨令狐沖苦練《獨孤九劍》？這不僅決定了要追隨的師宗流派，更有可能決定了他未來的江湖地位。一個生於明朝的讀書人，要在科舉中考取功名，那麼進士及第是在嘉靖二年，還是嘉靖十四年；是進士及第，進士出身，還是同進士出身，這些都會伴隨讀書人的一生，甚至是政治生活中最重要的依據。而在現代社會，在美國華爾街的投資銀行做交易員，人生中交易的第一檔股票，往往決定交易員未來的交易偏好、交易思路，甚至整個職業生涯的業績。

古語有云：「國之大事，唯祀與戎。」這句話的意思是說，一個國家最大的事情，就是祭祀與打仗。而「第一次」的意義，堪比一個人人生的戰爭祭祀。

俠客是哪門哪派，與好壞無關係，卻是一種選擇。為了這個第一次，一個人擁有什麼、放棄什麼、選擇什麼、去做什麼，會大大影響並決定著一個人的格局、氣度和成長。

→ 162

這些第一次包括選擇來到的第一座城市、第一所大學、第一份工作、第一位導師、出國的第一個國家、創業的第一家公司等等。

我僅談談我自己的幾個第一次，闡述這些第一次對於我的影響與塑造，它們帶給我離合悲歡、脆弱堅強、柔軟剛硬，也正是它們塑造了今天的我。

城市定義自信

我成年後選擇的第一座城市，是北京。雖然當時我只是一個身在四線城市當中成績不好的學生，但我沒有猶豫，我要考北大。雖然困難重重，很多人都說我是痴人說夢，但我盡力向前，最終完成奇蹟。第一次選擇的城市，它是我人生濃墨重彩的一筆。對我的影響，自然也是最大。

選擇北京帶給我極強的自信。我始終能感受到，我已經與中國最優秀的人相處在一起。如北京這樣的巨型城市，往往是新道德、新科技、新文化的助產師，是創新的源頭。在北京，一切離經叛道都可以被原諒，都可以被接受，甚至都可以被鼓勵。因為我選擇了北京、來到了北京、學會與北京相處，所以我未來的一切才皆有可能。

大學影響特質

我所選擇的第一所學校是北大，北大給我的最大影響是「註定不甘於平庸」的特質。北大人總是追求更多的東西，一些別人看起來很虛、很宏大的東西。用湖畔大學校董，萬通董事長馮侖先生的話來說，北大就是塑造了北大人胡說八道的性格。北大的人七嘴八舌地說、高談闊論地說，關心學校、城市、國家、世界，甚至整個人類的前途命運。這種特質與優秀的工科學校所培養的聽話實幹的特質完全不同。

出國提升視野

為什麼我要去美國？因為這個國家有不一樣的氣質。我一到美國，整個人的心態就不一樣了，我彷彿變成了一個世界公民，意味著全世界的事情都變成了自己的事。當時在北大，也有不少同學畢業選擇去荷蘭、義大利、德國、法國等歐洲國家，而這些國家的氣質，我認為可以用「小國寡民」四個字來形容，整個國家充斥著「人類和我沒關係，我自己開心就夠了」的感覺。當然，這裡不是想說這種氣質是不對的，只是這種氣質與我不相符。去什麼樣的國家，就要想清楚自己是什麼樣的人，雖然我的家境非常普通，父母勒緊褲腰帶讓我去美國念書，我還沒辦法去改變什麼，但至少在思想和氣質上，我關心更宏大的事情，擁有更宏大的願景，這是在美國的世界公民才能夠接受和享受的。

德國擁有成熟的工業體系和世代的工匠精神，他們做出的杯子堅固耐用、價格昂貴，不僅是工具，更像是藝術品。可美國人不會這麼想，美國人做杯子，會想全世界居然有如此多窮人用不起杯子，那麼就把杯子的價格從五十元降到五毛錢，賣給全世界的人。

汽車是德國人發明的，全世界都知道德國車是最好的；愛馬仕做世界上最好的皮具，這跟德國的工匠精神一脈相承，但是它們有個共同的特質，就是價格昂貴。美國人卻說，汽車很好，皮具也很好，但是這樣做太貴了，我們要讓每個人都能開汽車，都能用皮具。於是就有了福特汽車、Coach 皮具。

可口可樂、麥當勞等都是美國甚至世界的大眾消費文化。美國人的氣質是最適合當創業者的，偉大的公司幾乎都是美國的公司。舉個例子，比爾．蓋茲寧願成果被盜版也要讓全世界用 Windows 作業系統，雖然這有微軟在市場涵蓋密度方面的考慮，但不得不說，只有美國人有意願也有能力這樣做。德國和法國小而美、好而貴，當然有其存在的意義，但註定是世界的配角。

一個想當主角的人，當然要見識主角的國度和這個國度中的風景。

大學重塑特質

我的第一間研究所是美國費城的賓夕法尼亞大學。每個學校都有自己的風格和缺點，而這些都會帶給它的學子，像母體孕育一個人一樣。從巴菲特到川普，他們是完全不一樣的人，但擁有同樣的背景：都從賓大畢業，始終貼著實用主義的標籤。

賓大的創辦人是美國國父富蘭克林，他是典型的實用主義者。美國歷史上，華盛頓負責規劃高大上的理想，而實現理想的具體行動則由富蘭克林負責。富蘭克林負責解決問題，負責賺錢，然後再說服各個國家支持美國。富蘭克林不是在獨立戰爭前線鬥爭的人，但正是因為他持續地以超強的能力籌措資金、運用手腕，才能保證美國的建立。所以，真正改變美國人生活和現狀的人，不是像林肯那樣的演講家，而是有老黃牛精神的像富蘭克林這樣的實幹家。

賓大產出的都是在世俗界取得巨大成功的商人，其中不缺乏「Dreamer」，也就是夢想家，更可貴的是，他們幾乎都是能夠實現自己夢想的人。學校三個傑出的代表，伊隆．馬斯克[1]、巴菲特和川普，他們進入這所學校就決定了日後從商的道路。他們在商業中發現和創造了一系列能為他人帶來價值的精神，不懈地努力推動國家的進步。而這，也是我身上的烙印：夢想遠大，但不空想。我需要在有夢想後，用合理的手段將他

→166

們實現。

Problem Solver（問題解決者），是殘酷世界最需要的，提供解決方案。北大賦予我「噴子」精神[2]，不畏權威。賓大賦予我解決問題的能力。換句話說，賓大和北大傳承的兩種精神在我身上產生了互補作用，如果我去了耶魯和哈佛，只會助長我「噴子」的氣焰。是賓大打磨了我，讓我從一個傾向空談的人，變成了實幹家。無畏的質疑權威的精神是創新者必備的，但不能為了質疑而質疑，只有解決問題，獲得滿足，才是個合格的企業家和創業者。

見聞決定格局

我從美國回來創業之後，第一所修讀的商學院——湖畔大學的校長是馬雲。當我得知湖畔大學招生的消息後，我沒有絲毫的猶豫，馬上申請。雖然我是所有申請者中最年

1／伊隆．馬斯克（Elon Musk）：特斯拉、Space X 和 Paypal 的創辦人。

2／噴子：一般指喜愛在網路上用有學識、有邏輯的文字言語攻擊、侮辱他人的人，在此指作者認為北大賦予了北大學子無須遵從世俗、不須畏懼權威的精神。

輕的，所創辦的公司也是個襁褓中的嬰兒。我申請成功的可能性似乎是最低的，但我果斷盡力，最終幹掉了眾多對手，成為馬雲老師的學生。

同樣氣質的人總會走到一起，美好的事情總會發生。我和湖畔大學的願景相似：在成功之外多想一些事，願意被納入這個宏大的環境體系。這是我非常開心的。

馬雲是我上商學院後的第一個老師，我現有的系統性的商業理論、價值觀、世界觀，都是馬雲傳授給我的。他對我的影響，可能要過很久才會漸漸沉澱出來。就像一滴被丟入杯中的墨水，漸漸舒展，真正呈現的形狀，要多年後才有定論。但我可以確認，馬雲老師對我的影響，將伴隨我的整個人生。

「種一棵樹，最好的時間是十年前，其次是現在。」所謂種樹就是人生的各個重要的第一次。一個人第一次如何選擇，是種樹、種花還是種草，必需盡力想明白、想清楚。一旦做出決定，就要不折不扣地執行。

「第一次」不單單是「一次」，更是最重要的一次。第一步的方向和時間，幾乎可以決定未來的道路。想好了，就上路吧。

承認自己為自己而活，
是一個在思想上的成年禮。
為自己而活，不僅正當，而且神聖。

PART

4

年輕新文明宣言

世界不會虧待
眞正對自己負責的人

這個世界是殘酷的，因為即便你很努力，結果也可能不好，也可能沒有回報；這個世界又是溫柔的，因為當它看到你所做出的結果斐然，就會獎勵你，讓你實現自己的價值。

→ 172

年輕創業者的圈子不大，我們時常會坐在一起交流公司的發展情況、管理經驗以及對於未來趨勢的判斷。

一次，另一個創業者跟我說了一個他所遇到的困惑，前段時間公司的產品進度比較趕，大家比較常加班，一些技術人員表示希望拿到一些加班費。考慮到大家都很辛苦，雖然互聯網公司一般都沒有加班費的制度，他還是制定了加班費制度，希望能讓大家感受到一些人情味，進一步增強效率。

出乎他預料的是，公司公布了這項制度後，員工們加班時間雖然更多了，效率卻更低了。以前兩週就能開發出來的版本，現在恨不得能拖一個月。他很鬱悶，想把加班費取消，卻又怕激起員工們的不滿，一時之間進退兩難。

在我看來，加班費制度的實質就是否認了結果導向，把所謂「努力」、「任勞任怨」當作評價標準，而這個世界的規則本就不是如此，自然適得其反。

我的《財富自由革命之路》音訊節目的不少聽眾也問過我類似的問題，「宇晨，我每天起早貪黑，兢兢業業，任勞任怨，怎麼做了好幾年，升職加薪還是沒我的份？是不是我運氣太差，遇到了王八蛋老闆？」

我們必須知道，努力本身沒有任何意義，個人努力的意義最終應該要是你對他人而言的價值與結果。努力的廉價自我感動是絕大多數人無法賺到錢的核心原因之一。

這是個只看結果的世界

身處高度競爭的市場經濟社會，每一個人獲得收入和實現個人價值的前提條件是能夠為他人創造價值，而非其他。這就是世界的真相。

結果對應的是一個人為他人創造的特定價值，而通常所謂的努力，則是動機、態度和由此產生的現象。

早上我有時會在公司旁邊的煎餅攤購買一個煎餅，此時我付錢購買煎餅，原因是煎餅味道不錯、份量適中、填飽了我的肚子，這就是結果。所以煎餅攤老闆應該只對煎餅的品質、口味負責。倘若出現另一個與之競爭的煎餅攤，味道難吃也不薄脆、既厚又韌，但老闆反覆跟我強調，他每天要比另一個能把味道做得更好的煎餅攤老闆早起兩個小時準備材料。而且他遞煎餅給我的時候也非常尊重我，看著我的眼睛，非常恭敬，不像隔壁攤那樣趾高氣揚，那麼，我應該買哪一家的煎餅？

我當然還是買味道好的煎餅。

在工作態度上，食物味道不好的老闆更加努力，也產生了起早貪黑的現象，但結果是他的煎餅難吃，那麼他就不應該獲得收入，因為他的結果不好。

這是個簡單的道理，但在實際工作中，很多人，尤其是剛剛進入職場的年輕人就無法理解。他們誤以為，我努力了，我加班了，我起早貪黑了，我理應成為公司重點培養的對象。

不對結果負責，就是不負責

創業的時間越久，我越能感覺到，身為一個公司的創辦人，如果不能在公司內部建立良好的機制，樹立對結果負責的意識，那麼公司就必將陷入萬劫不復的境地。

不對結果負責，那對於工作的評價標準就必然會陷入「動機化」和「無意義化」的情況中。大家評判一個人做事是否可靠，完全看這個員工的動機，如果他是為了公司好，他是努力的，那麼他就應該被獎勵，而由此催生的具體評價指標也就是無意義的。

一個加班到半夜十二點的同事，就應該比準時下班的同事更值得讚揚，這顯然是荒謬的。一個人的動機是怎樣的，根本無法考量，通常只有他自己能夠說明，那麼他當然可以隨便怎麼去說，哪怕他把負面的動機解釋成為正面動機，我也無從知曉。因為我不可能在公司常備一台測謊機，而且一家天天測謊的公司，也不會有人願意加入。

努力的動機，產生了加班的現象，難道這種現象就是正確的嗎？

某次，一個潛在投資人希望我們的團隊出一份較為詳盡的競品分析報告，團隊的幾位同事的確十分努力，熬了一整個通宵把報告做了出來。我一看，根本就是隨便複製貼上網路內容的結果，既沒有使用體驗，也沒有趨勢預測，更沒有數據支撐。那麼，我應該讚揚他們熬夜的精神，還是狠狠罵他們一頓，讓他們立即重寫呢？

我當然狠狠罵了他們，立即重來。因為我不可能拿著這份飽含「辛勤努力」的粗製濫造的報告交給投資人，這樣我只會被狠狠罵一頓，也有可能投資人從此就不理我了。

如果不對結果負責，那麼工作能力強的員工的積極性就會嚴重被挫傷，因為對於一個員工是否合格的評判標準變成無意義的諸如加班時長、他人口碑等標準，至於這個產品經理是否能把握產品進度、優化產品體驗；這個市場經理是否能找對通路、控制成本；這個技術人員是否能快速開發、減少bug，就都不重要了。

我發現通常能力強的員工，基本上都是很有個性的。換言之，他們都是做完工作，下班時間到了就回家，不到上班的時間不來公司。也不熱衷於人際交往。從天生的特質上，他們就與無意義的「動機」評判標準相去甚遠。

如果只以「加班」論英雄，這樣下去的結果，必然是公司裡最能幹的員工全都跑路。如果公司有幸還能留下一些員工的話，那他們也就向制度看齊，拼命加班，即便無所事事；討好別人，即便沒有價值。那麼對於我所創辦的公司來說，用戶量、活躍量、留存資料、營收資料、利潤情況，誰還去關心呢？不關心這些，公司如何在你死我活的互聯

→176

網江湖中生存、立足和發展呢？那我又拿什麼發薪水給員工們呢？

這個世界的發展和進步，需要一系列的指標來衡量，透過指標判斷過往的行為和動作，不斷提升效率。不過，努力本身以及由努力帶來的廉價自我感動並不是其中的指標之一。追求這種無意義的指標，個人不再提升能力，公司不再創造價值，社會也就不再向前發展。

三步走，真正做到對結果負責

對結果負責是一個人走向成熟、獲得成長的前提條件，也是一個公司能夠不斷發展的前提。在四年的創業歷程中，我發現，想要做到真正對結果負責，需要分為三步來走。

第一步是制定共同可見的目標，並制定相應的關鍵衡量指標。其實也就是很多互聯網公司都在採用的OKR考核方式，所謂OKR就是「Objectives（目標）and Key Results（關鍵結果）」的簡稱，關鍵結果必須服從目標，而任何結果都是明確和可量化的。

例如，如果這麼說：「『陪我』APP新版本成功上線，總用戶和營收顯著上升。」就不是一個好的OKR方案，因為既不明確，又不可量化。正確的OKR方案應該是：

目標是一季內進一步提升年輕用戶對「陪我」APP的喜愛程度，擴大市場占有率；目標是新版本在三十個自然日內上線，新版本的每日二十歲以下用戶數量自然新增比舊版本提升10%，APP月營收提升20%。

目標和關鍵結果是大家共同討論的結果，結果需要有挑戰性，而目標也要定得高一些，這樣才能使大家更積極。完成六成到七成就是不錯的成績，完成四成左右就是及格，如果太容易或者太難，大家則無法全身心投入其中。

在此基礎上完成第二步，每個月、每一季、每半年都需要制定相應的OKR計畫，計畫制定後要保持絕對的專注，其他不相干的事情要完全拋棄，絕不能浪費時間。在創業初期，我就在這方面犯了嚴重的錯誤。當時在制定了產品目標後，反而被諸如外出演講、電視節目、新聞採訪等等無關事項拖住了腳，浪費很多時間。現在回頭去看，這樣做不僅導致產品研發滯後，自己也沒有什麼收穫和成長。

最後就是第三步，對應實行獎懲機制，OKR雖然並不是實行獎懲的依據，但卻是重要的參考。在綜合考慮員工的工作能力和對公司創造價值的基礎上，有獎有罰，獎懲分明，進一步激勵大家更加對結果負責。

這裡需要一條原則，對於員工的獎勵應該以他創造的價值為基礎，而不是因為他能夠實施多大的破壞為基礎，「綁架式」的獎勵機制是絕不能出現的。一個技術人員，他的編碼品質高，完成速度快，bug少，那麼在一段時間之後應該予以合理的獎勵，也許是薪資提升，或者是認股獎勵，或者是季度獎金。但如果一個技術人員因為身居關鍵職位，鬧情緒以辭職為由，迫使我提升薪資，發放獎金，我寧可他直接離職。我現在開始找替代方案，也絕不能答應他，否則，公司將會烏煙瘴氣。大家都來威脅，一個公司別說發展了，可能沒有兩天就要解散。

這個世界是殘酷的，因為即便你很努力，結果也可能不好，也可能沒有回報；這個世界又是溫柔的，因為當它看到你所做出的結果斐然，就會獎勵你，讓你實現自己的價值。

努力，如果方式不對，結果不佳，就是無力。從現在開始，對結果負責，剔除雜念，保持專注，你就已經開始對自己負責了。

這個世界不會虧待真正對自己負責的人。

你變得更好，你便值得更好

我的人生可以沒有你，但是有了你卻會變得更好；你的人生也可以沒有我，但有了我也會讓你變得更好。於是，自由選擇，我們決定在一起。

→ 180

金星近日主持了一個很有趣的綜藝節目《中國式相親》，其中將中國最奇葩的相親文化淋漓盡致地展現出來。

節目的流程與《非誠勿擾》不一樣，既不是男選女，也不是女選男，而是父母替男女嘉賓去選對象，例如男生版的規則是：女生上臺後是看不到男生相貌的，只能根據場上局勢判斷，而在場上選擇對象的是五個男生的父母。男生也有一次選擇機會，如果女生沒有被三個以上男生選中，就會被淘汰。

這樣的節目機制，決定了婚姻的主要決策人是父母，而不是真正需要找對象的人。從中可以淋漓盡致地展現父母如何去干預子女的自由選擇，以及父母的「三觀」與子女的「三觀」有多麼大的差距。

節目集中表現出了「積極參政議政」的中國式父母的擇偶觀，各種滑稽情況層出不窮，向觀眾展示了上海人民公園相親角[1]的風貌。

1／上海人民公園相親角：上海人民公園的某處，許多為子女找對象的家長會將撐開的傘放在地上，並在傘面放上子女的資訊。另外也有仲介會將相親者資訊鋪滿一地。資訊會按照年齡、海外、離婚喪偶等情況分類。此處被稱為「相親角」，上海人喜歡門當戶對，上海父母希望在此替子女找到相同生活背景和觀念的對象。

有的父母找兒媳婦，就像舊社會人家在找老媽子，對女方的唯一要求就是能幹活。

有的父母對長得好看的女性天生反感，覺得她們是「妖豔賤貨」，會把自己的兒子帶壞，強烈要求要為兒子找一個長相踏實的。

有的父母則是中醫附體，要求女生一定不能手涼，因為在他們看來手涼代表著宮寒，可能對未來的生育有不良影響。

有的父母則理直氣壯地堅稱二十歲的男人是期貨，三十歲的男人是現貨，四十歲的男人是搶手貨，質問女嘉賓二十年後如何把握自己的老公。

節目中，只要有年齡超過三十歲的女嘉賓上臺，等待她的就是喪心病狂、慘無人道、慘絕人寰的滅燈，基乎無一例外。

女性真的過了二十歲就在貶值嗎？過了三十歲就無人問津了嗎？

我在「喜馬拉雅」APP開設的節目中有一位聽眾也曾向我提過這個問題。她今年二十八歲了，眼看要過春節了，她正煩惱要不要回家。因為她二十四歲來北京工作之後，每年回家過年，她父母就要替她安排相親，最多一次見了五個人，所以她現在非常抗拒回家。但是她父母非常著急，因為在她母親看來，如果一個女人快三十歲了，還沒有嫁出去、還沒有對象的話，這一輩子就沒有人要了。

女人超過三十歲，就真的找不到另一半了嗎？

很顯然，事實的真相完全不是這樣，把找不到對象這種事情讓年齡背黑鍋，完全忽略了找對象本身就是一個複雜的選擇問題。

首先，所謂「女人貶值，男人升值」這個觀點的內在邏輯，就沒有把女人當作正常人，更沒有把男人當作正常人來對待。

這個觀點把女性物化成了一種商品，而將男性簡化成了這種商品的購買者。既然是商品，當然是有保存期限的，自然產生了時間越長，價格越低的邏輯。

而現代婚姻，是尋找「家庭無限公司」合夥人的過程，顯然是一個複雜的選擇過程，遠遠比我們之前瞭解的物化女性的「商品購買」要複雜得多。

現代婚姻唯一對於年齡的要求可能是婚內生育的需求。而隨著科技的發展，婚姻對於生育年齡的要求也顯著降低。這個時代已經讓我們不需要在二十歲的年紀就必須要完成結婚生子的任務，我們可以將更多的時間精力投入到自身、投入到改變行業與世界中。對於一個傑出女性而言，「生育」是女性在婚姻中重要組成的束縛，也不再能夠約束她們了。

剝離生育的婚姻，漸漸也變得更加純粹。婚姻是組成「家庭無限公司」，這就意味著，我們只能選擇一個合夥人，自此之後，利潤共分，風險共擔，並且無限承擔，絕不存在有限承擔的可能性。同時，一旦這位唯一的合夥人要求離職，公司立刻解散，但是公司所相伴的債務與責任，卻必須永遠繼續承擔，絕無因離婚而可以免除的可能性。

這可能是人類歷史上發明的最變態的合夥人制度了。

而我們將如何去選擇我們的合夥人呢？

從這個角度來說，無論男女，他們的競爭力標準都是一樣的，我們經常談的「外貌協會」僅僅是其中的一部分。核心的能力，終究是一個人的職業能力發展曲線。這條職業能力發展曲線，與你的性別、國籍、種族、顏值、年齡都沒有必然的關係。一個正常人，無論男女，都會選擇對自身「經濟結盟」有利、對人生路線發展有幫助的人生合夥人，而這恰恰與年齡沒有關係。

我的人生可以沒有你，但是有了你卻會變得更好；你的人生也可以沒有我，但有了我也會讓你變得更好。於是，自由選擇，我們決定在一起。

這可能是我知道的，最浪漫的戀愛理由。

這其中的代表，便是王思聰的前女友雪梨。雪梨在認識首富之子王思聰之前，就是新浪微博上擁有百萬粉絲的KOL■[2]，透過新浪微博銷售經營屬於自己的淘寶店鋪，每年的銷售額上億。她是阿里巴巴「淘寶網紅」戰略的典型代表，早已實現了財富自由。與王思聰在一起，雪梨得到了王思聰的加持。同時，王思聰也透過雪梨迅速在網紅圈建立了自己的聲望，打開了自己的事業圖景。王思聰的事業，無論是「熊貓TV」、「Hello 女神」、「吐槽大會」都極度依賴於自己在網紅圈的聲望。

這可能是我見到的最雙贏的關係。兩個獨立的靈魂，選擇在最好的時間在一起，彼此都給予對方幫助。如果在一起不快樂，我們也可以分開。現在王思聰與雪梨已經分手了，但是他們留給對方的不是傷感，不是遺憾，不是傷害，而是兩個因此更加上升、更加美好的靈魂。

從雪梨的角度，她不會有「女人過了三十歲就貶值」的焦慮，因為每一年她都在變得更好，愛情的結合讓她的公司銷售額更高，讓她的事業更大，讓她的影響力翻倍上漲。

不斷自我提升，給了她真正的安全感，而不是虛幻的「早結婚」、「早成家」、「早生子」。

■ 2／KOL：Key Opinion Leader，關鍵意見領袖

如果一個人的人生一直在提升、在成長，那麼她對婚姻、對年齡貶值的恐懼就會大大降低。一個十七歲的農村女孩，如果她沒有機會接觸到行動互聯網，如果不接受教育，她就會像同村的很多女孩一樣，不到二十歲就結婚生子，從此停留在農村的生活環境中，永遠無法改變。

如果她可以晚幾年結婚，考上不錯的大學，或者透過行動互聯網獲得發展的機會，比如說開一間淘寶店，經營一個公眾號，成為一個「主播網紅」，那麼她的適婚對象就會變成她的大學同學，或是同樣在行動互聯網工作的人。

這時，如果她繼續提升自我，進修、出國、讀MBA，甚至自我創業，這時，她就會接觸到這個世界其他行業更優秀的人，此時，她選擇合夥人的範圍就更加廣闊，視野也更加寬廣。

這個典型的例子告訴我們，無論男女，如果能在十年中不斷提升自己，那麼，她能找到包容她、接受她、欣賞她的人就會遠遠超出她當年二十歲時所能接觸到的範圍。婚姻之所以能讓你更幸福，歸根究底是因為你全方位地提升了自己，歸根究底是因為你也能為他人帶來更多的交換價值，歸根究底是因為你能讓自己變得更好。

你變得更好，你便值得更好。

互聯網時代的婚姻，將不再是簡單的「傳宗接代」、「結伴過日子」，而是一種經濟結盟。

婚姻是我們選擇人生道路合夥人的方式。這個世界不存在灰姑娘嫁入豪門的故事，因為這個故事從來就沒有存在過，也從來沒有實現過，那種情節永遠只是一種幻想。豪門不傻，豪門一定會跟豪門結婚，這才是最理性的一種選擇。

想跟豪門結婚，最現實的辦法是把自己變成豪門。

從這個角度來說，當我們真正瞭解婚姻的真諦，我們會明白任何女性都不會因色相來獲得真正的尊嚴與地位。越早明白這一點，你的婚姻就越容易幸福。

對於普通人來說，最實際最可靠的行動就是在你的生活範圍內尋找你的人生合夥人。從這個意義上來講，婚姻與創業很相似，感覺就是要去尋找那個在現階段與我們最契合最珍惜，而我們也欣賞的那個人成為我們的合夥人。

我們在面對複雜、艱難、充滿風險的未知世界，卻不屈不撓地不斷提升自我、拓寬自我、挑戰自我，就為了等待那個屬於自己的他。想想，這還是一件蠻酷的事情。

為了等到你，我終將變得更好。

不結婚不買房不買車，我是如何活下去的

因為買房買車結婚，養房養車養孩子，他們漸漸喪失了年輕人應該擁有的耐心、決心、好奇心，變得功利、膽怯、平庸，幻想不付出任何努力，就能一夜暴富，解決生活負擔。

→188

是的，你沒聽錯，不結婚不買房不買車！

我做出一個艱難痛苦大膽勇敢風騷酷炫的決定，我打算三十歲之前，不結婚不買房不買車，就這樣過下去！

這簡直堪比一場真人秀大挑戰。

二〇〇〇年剛開始的時候，主流媒體搞了個真人秀挑戰賽，主題很有意思，叫作「一週之內，只用互聯網，你能活下去嗎？」也就是說，一週之內，參賽者只能使用互聯網去和他人合作，看誰最後能堅持下來。

當時互聯網還只是社會剛剛出現的新興事物，最後堅持下來的那群人，不得不上網哀求網友幫他們送水買飯，買擦屁股的衛生紙，活得相當艱難。

今天，互聯網的生活方式已經成了全社會的主流。我覺得主流媒體可以招募九〇後參賽者辦一場「一週沒有互聯網，你能活下去嗎？」的真人秀挑戰賽，我估計，這回能撐住的更沒幾個人。

因為對絕大多數九〇後來說，一個小時不回訊息不看社群網站已經是他們忍耐力的極限了。

二〇一七年的今天，我也發起了一個真人秀大挑戰，就是，「在三十歲之前，不買房不買車不結婚，能活下去嗎？」

我相信，十年後，「三十歲前不買房不買車不結婚，獨立自我」的生活方式，將成為年輕人的主流方式生活。

透過與社群聽眾的互動，我漸漸發現，絕大多數同齡人沒法像我一樣發家致富的核心原因，並不是能力的差距，也不是觀念的差距，更不是起點的差距，而是他們在我奮發圖強在互聯網世界裡摸爬滾打練就一身功夫之時，將99%的時間都用在「買房買車結婚，養房養車養子」上了。

是的，這就是這個世代年輕人的一大悲劇。絕大多數人，在二十到三十歲這段學習力最強、精力最強、魄力最強的十年，並沒有將精力用於個人提升、自我成長，也沒有用於拓寬思維、提升素養，更沒有用於改變行業、改變社會、改變國家，而是迅速妥協找一份得過且過、時間穩定、收入極低的工作，迅速投入到買房、買車、結婚、養房、養車、養孩子的傳宗接代大業之中！

因為買房買車結婚，養房養車養孩子，他們漸漸喪失了年輕人應該擁有的耐心、決心、好奇心，變得功利、膽怯、平庸，幻想不付出任何努力，就能一夜暴富，解決生活負擔。在節目中，有聽眾抱怨：天天講互聯網有什麼用，我現在養家養孩子壓力很大，我只想知道明天晚上大樂透的中獎號碼，只想知道哪檔股票買了明天早上就能立刻大漲，如果做不到，我就覺得這個節目沒有任何意義。

在我看來，可能適合他們的，只有搶銀行那樣違法的事情才能迅速達到目的。都是同齡的大好青年，為什麼他們的思想被束縛到如此地步？前思後想，只有「傳宗接代」這個傳統價值觀能背這個鍋！

在今天的社會，選擇三十歲前不買房不買車不結婚不生小孩，確實面臨著很大的壓力。

我所創辦的「陪我」APP公司裡95%的人都是九〇後員工。這段時間，我的同事們先後進入需要結婚買車買房的時期。我們公司位於北京，而在北京，想依靠自己的奮鬥，在很年輕的時候完成買車買房的夢想幾乎是完全不可能的事情。因此，我的不少同事都陷入了或多或少的人生迷茫與精神壓力中。

公司同事虛竹，有一位相戀多年的女友，女友家人自兩人交往的第二年開始，便不斷催婚。丈母娘要求結婚之前必須要買一間北京的房子，也必須登記自己女兒的名字。虛竹傾全家六口之力，也難以負擔。虛竹仔細一算，不僅是北京買房的頭期款，日後月繳貸款、結婚生小孩、買車養車，也絕對是一筆巨大的開銷，已經遠遠超過虛竹所能承擔的範圍。因此婚期遙遙無期，與女友的感情也岌岌可危。

公司同事鐘靈，在互聯網公司工作得很開心，但是父母不斷催婚，並已經在三線城市的老家幫她買好了房子，希望她迅速回到老家，找一位健康適齡的男士結婚生子，不要在大城市執迷不悟，摸三搞四，不務正業。這導致鍾靈過年期間都不敢回家，主動向我申請加班。現在她處於「有家不能回，有國不能歸」的狀態。

其實，對於虛竹和鍾靈來說，他們目前的起點已經很不錯了，在我看來，他們的當務之急，是需要利用這二十到三十歲的黃金十年，提升自己的個人能力，不要將絕大多數的時間放在「傳宗接代」之上。

仔細分析，其實虛竹和鍾靈對結婚生子並沒有非常強烈的短期達成訴求。我便將我個人不買房不買車不結婚的「獨家生存祕笈」傳授給他們二人。

盡快與父母分居，財務獨立

首先，要與父母盡快分居，一定不能住在一起。至少不住在同一個城市，與父母進行完全的分離。

同時，要迅速取得經濟獨立，不要向父母拿一分錢，不要長期依靠父母的接濟生活。絕大多數要我們「適齡而婚」的訴求都來自於父母，因此，我們要想盡辦法降低對於父母的經濟依賴，盡快提升自己在職場中的競爭力。

目前就北京的實際狀況而言，月薪突破一萬便能取得完全性的獨立，這對於一個互聯網從業者來說，完全是進入行業的第三年便可以達到的水準。

因此，我們鼓勵大學生在校期間就可以在互聯網科技公司的相關職位進行實習，加快自己進入行業的速度，提高自己進入行業的起點，也增加自身在行業的經驗。

物理上與父母分居，經濟上自我獨立後，儘管父母還可以因為你不服從他們的要求生活，在道義上對你進行譴責，但是無論他們如何譴責，實際上是拿你沒有任何辦法的。他們對你的約束力，就像聯合國對美國的約束力一樣，實際上等於零。如果你像鐘靈一樣不回家，他們連對你嘮叨的機會都沒有。

再堅持幾年，他們便會習慣，以後也不會催你了。

不買房，租房

其次，不要買房，選擇租房。

首先，對於剛剛進入社會的年輕人來說，到一線城市買房子確實是一個年化報酬率10%～15%的投資機會，但這是一個不適合你參與的投資機會。

首先，一個真正可靠的買房決定，是需要對於城市建設板塊輪動具有深入投資理解的人才能夠完全做出的。沒有任何經驗的人買房，很容易即買即虧。

其次，只有一線城市的房地產具有投資價值，而一線城市房地產是一個基本至少三百萬人民幣以上的投資機會。這個投資機會對於絕大多數的年輕人來說都是超出能力的，沒有投資的入場券。

其三，對於年輕人來說，年化報酬率10%～15%的投資回報率實在是太低了，任何一個在互聯網中關注於自我提升的年輕人，實現年化報酬率50%的增長率都是毫不費勁的。因此，我們絲毫不需要為錯過類似的機會而感到惋惜。

最慘的情況就是與父母商量一起買房，還加上雙方父母的投資，最後用六個人的錢買了婚房。婚房從經濟回報比來看一定是非常糟糕的：地理位置偏僻，距離工作地遠，通勤成本巨大。新成屋價格非常貴，買入即是虧損；六個人的錢買房，決策成本巨大，從此兩個人的戀愛變成六個人的戀愛，兩個人的婚姻變成六個人的婚姻；家庭的股東結構變得異常複雜，極容易出現生活的爭端與不滿，退出機制也變得異常困難。

租房的好處顯而易見。

1. 成本低。

按照房子的實際售價比每月租房成本，就現在北京的情況來看，普遍低於3%，也就是說，一年內，你拿著不到三十萬的錢，就可以在北京租到一千萬售價的房子。

從這個角度來說，房東承受著巨大的成本虧損。

2. 距離近。

租房客是「遊牧民族」，可以根據工作地點、工作場所的變化，隨時切換住房地點。節省了大量的通勤時間，大幅提高了生活的幸福度。

3. 共享經濟。

之前租房由於資訊不對稱、缺乏房源供給、缺乏對租戶的保護、缺乏行業規則和規範為租戶帶來極大的麻煩。目前因為互聯網共享經濟的發展，類似「Airbnb」、「住百家」等企業的崛起，漸漸為共享租房者提供了非常好的服務。讓租房變得簡單、開心、實惠。

不買車

買車是一個非常糟糕的選擇。

買車的門檻高，目前大城市對於購買汽車的限制門檻都不低。尤其是大城市交通壅塞嚴重，停車位不足，購入汽車之後，所獲得的便利性與付出的時間精力成本也完全不成正比。

養車等於養一個小孩，汽車需要車位，需要保養，需要保險，維護汽車所需要付出的成本是巨大的。

共享經濟為出門的問題提供了完美解決方案。首先，我們可以多利用公共交通工具通勤，例如地鐵、公車。成本低且環保。

其次，使用「滴滴打車」、「易到用車」這一類型的叫車 APP，可以讓我們不擁有任何一輛汽車，便可以享受出行。我自己在「易到用車」的帳戶加值了八萬元，「易到用車」贈送我價值十萬元的贈品，包括兩台樂視電視機。

我經常從中關村到東三環附近辦事，瞭解北京的人知道，這段路程在高峰期至少要一到兩個小時的通勤時間。依靠共享經濟，我可以在車上工作、開會，提升自己的工作效率。而每個月乘車成本大致在三千元左右，遠遠優於自己買車和雇司機所帶來的成本。

我在公司旁邊租了一間房子，每天走路五分鐘就能到公司。我利用共享經濟完成每日的通勤，沒有買車，沒有結婚，將絕大多數的時間花在自我提升、公司經營、分享個人的價值觀、改變行業、改變生活、改變世界之上，我感到很幸福。

把青春燃燒給一個偉大的事業，
一個波瀾壯闊的事業，
才是人生該有的樣子。

摒棄窮人的思維模式

只要選對了路，走得慢一些，又有什麼關係呢？

→ 198

創業久了，加上在湖畔大學、長江商學院和長安俱樂部的學習社交活動，我結識了不少已經有一定資本累積的人。身為一個從四線小城走出來的創業者，我逐漸發現了一個規律：所謂的富人，他們的想法與「窮人」的有很大的區別。兩者處境的不同，可以理解為是富人或者窮人思維指導的結果。

窮人還是富人，核心是一種精神狀態

我曾經跟同事談過自己對於窮人思維和富人思維的想法，同事當場就反駁了我，說：「宇晨，你怎麼能煽動階層對立呢？你讓我們這些窮人怎麼跟你好好工作啊？」當然，他是開玩笑地說。

其實，這裡所說的窮人思維和富人思維，絕不是要煽動階層對立，並不是在強調社會存在富人精英和窮人魯蛇兩個階層嚴重對立。實際上，所謂是窮人還是富人，核心是兩種思維模式的差別。這是觀念問題，換句話說，只要一個人「三觀」、思維方式改變了，擁有了富人的思維，那這個人就是富人，就是精英。從這個層面來說，人人都可以是精英，人人都可以是富人。只要一個人擁有了正確的思維方式，他就擁有了成為一個富人或精英的最大的可能性，哪怕他現在並不是。

窮人思維是一種單變數思維

從我個人的經驗來看，擁有窮人思維的人，非常傾向於用單一變數、單一價值來思考問題。這點類似於小學生只能理解一元一次方程式，無法理解二元一次方程式或者更多變數的題目一樣。

擁有窮人思維的人，以單一變數思考看待他人並解釋他人的成功和失敗。無論成功也好，失敗也罷，理由就是一個。過年回家的時候，與一些以前的朋友見面，他們得知我入選了湖畔大學，就向我詢問馬雲老師的情況。在他們中的一些人看來，馬雲之所以能成功，就是因為運氣太好，趕上了互聯網大爆發的好時候，當時其他的巨頭又看不上電商，所以「運氣好＝成功」。

運用這個解釋模型幾乎可以解釋一切現象，我隔壁鄰居張三在公司裡平步青雲，是因為他送禮給公司主管，所以「送禮＝成功」；李四在畢業兩年後迅速升職加薪，成為同時入職的同事的主管，那是因為會溜鬚拍馬，所以「拍馬屁＝升職加薪」；王思聰投資創業業績突出，是因為王健林厲害，所以「老爸厲害＝創業投資業績好」。

可是，當我們真的按照這套邏輯去指導自己的行為的時候，就會發現事實似乎與邏輯不符，因為更多時候出現的情況是送了禮給主管，職位還是原地不動；溜鬚拍馬使盡渾身解數，升職加薪還是沒有自己的份；父親很有錢，自己做啥啥不成。

真理不能說服對手，但是現實會。

任何一個以單一變數方式去理解世界的人，當他用單一變數邏輯指導行為的時候，就只會失敗。

現實的狀況是，這個世界不是個單一變數社會。即便以最為負面的思路去解釋他人的成功或失敗，例如這裡窮人思維所想到的負面原因，如送禮、拍馬屁等等，也只可能占到他人成功整體原因中很低的比例。那麼他人成功了，究竟是因為什麼呢？

絕大多數人的成功是無法用陰暗的單一變數的窮人思維模式來解釋的。令人驚訝的是，大家普遍認為的陰暗方式的成功，如果追根溯源，一般都與陰暗方式的因素沒什麼關係。這個事實的確很殘酷，可能很多人接受不了，因為，承認了這一點，就等於承認了別人成功是因為有能力，而自己沒有成功是因為自己無能。

良藥苦口利於病，真話往往都是很難聽的，但是能夠聽到真話、接受真話並按照真話去指導自己的行動，就是走向成功的開始。越早明白社會的競爭沒有那麼簡單，沒有那麼陰暗，才有可能摒棄窮人思維，走上正確的道路。

承認多變數，適應多變數，擁有富人思維

窮人思維還有一個表現，他們會打著公平的旗號，實質上是為了維護自己的行為和政策。因為擁有窮人思維的人自信感空前低下，所以他們要求去掉其他所有的競爭角度。但這個社會的殘酷性就在於，即便是真的砍掉所有競爭角度，保留窮人思維所認為的對他們最有利的角度，他們都很可能無法在競爭中獲得優勢。因為整個社會是多變數的，競爭角度也是多變數的。

富人思維的核心就是承認多變數，承認多方競爭，承認變化的速度，知道競爭的優勢是創新。

要適應變化，所謂「沒有房子沒法在一起」的問題就是這樣。我曾經遇到過為數不少的男性，經常將自己找不到配偶的原因歸咎於自己沒有房子，事實上這個社會很多時候並非如此。我個人交往過的一些女生並不看重房子，而且還是在我沒有錢的時候交往的。他們之所以認為是沒有房子造成了自己的單身狀態，是因為擁有窮人思維的男性無法接受尋找異性伴侶本身是個非常複雜的多方競爭，所以他們只能把這個問題簡化變成沒房子。這樣雖然心裡能好受些，但卻永遠失去了認真分析原因，繼續戰鬥，最終獲得勝利的可能。

另外，教育問題也很典型。對於窮人思維的人來說，他們總想著「一招走天下」，不想創新不想變，所以擁有窮人思維的人指望讀書就能改變命運。換言之，彷彿只要一個人在大學讀了四年，國家和社會就欠了他，就應該給他一份高薪工作。他不僅不需要繼續讀書或者學習，單靠著這四年，企業就應該給他五位數的月薪。不管工作是什麼，能為企業創造多大的價值，企業和社會都需要為個人大學四年的教育埋單、還債。彷彿讀書就能改變命運，教育，尤其是高等教育一項就可以解決一生的問題。

如果一個人僅僅因為受了四年的高等教育，就覺得所有人都應該為他埋單，這毫無疑問是非常荒謬的。我們都知道獲得價值的前提是能夠為別人提供價值。對我這樣的創業者來說，是否雇用一個年輕人成為公司的一員，必然是這個員工能不能為公司帶來良好的收益，不管是在前端開發、後端開發、社群運營、產品UI、市場推廣還是公司管理方面，只要應徵者在其中一項能夠展現出他的專業程度和能力價值，我就可以考慮雇用他，但這原因絕對不會是因為他在大學裡面讀了四年書。

如果僅僅因為他是一個北大畢業的校友，我就讓他成為了公司的一員，這樣的情況就類似於我走在大街上，突然有一個人拽著我說：「宇晨學長，我是你的學弟，這是我的畢業證書，請你給我五千塊。」我當然不會顧及任何校友情誼，還會認為他的腦子有問題。這個比喻看似荒唐，但現實中擁有窮人思維的人就是這樣要求企業、國家和社會的。在他們看來，自己在大學讀了四年書，畢業之後卻找不到工作，社會要負責，社會害了他。反過來，一些沒有接受高等教育的人，找不到工作，也認為自己的待業狀態是因為沒有讀大學造成的，所以社會要為他解決。可是，在社會上養活自己是個複雜競爭，主要表現於你為他人提供的價值，跟你有沒有讀過大學、是否接受過高等教育，又有什麼關係呢？

對於絕大多數的私人企業來說，是沒有學歷要求的。以我所創立的「陪我」APP為例，我們篩選選拔員工的核心是兩點，第一，是否具備這個職位所需求的專業知識。第二，對行動互聯網的理解程度如何。而這兩個核心指標，是任何學校都不會教授的。

這個社會遠比大家想像得複雜，摒棄窮人思維，承認多變數和複雜競爭，承認一個社會中的因果關係是複雜的因果關係，是獲得提升的先決條件。

是窮人還是富人，重點在思維。擁有富人的思維，哪怕一貧如洗，也前途遠大；擁有窮人思維，就算腰纏萬貫，也毫無發展。

只要選對了路，走得慢一些，又有什麼關係呢？

真正利己的方式，是讓自己成為一個終身學習者，
不斷汲取營養。

擁抱不確定性

每個人都會被別人用相同的方法和方式來否定，
但這並不能阻礙我們真正去實現我們的夢想。

→ 208

公司曾經有一個員工，女孩子，工作了一段時間之後突然跟我提出離職。她工作能力很強，態度認真，大家也都很喜歡她，所以當我接到她的離職書後，感到很驚訝。馬雲老師講過，公司的優秀員工離職，無外乎兩個原因，一是錢沒給夠，二是心裡受委屈了。

按照這個想法，我就問她，是有別的公司給了她更高的薪水嗎？她說不是。我又問她，是有什麼事情讓她覺得委屈了嗎？她說也沒有。我就鬱悶了，接著問她：「那你為什麼想要離職呢？」

她說：「家人覺得我在這樣的創業公司，太不穩定了，他們很擔心。於是在家鄉的國營企業幫我找了個工作，薪水還可以，我要回去了，對不起。」

我沒有覺得她對我或者公司有任何需要抱歉的地方，因為企業和員工之間本來就是互惠互利的雇傭與被雇傭的關係，並不存在誰對誰有恩情，誰對誰有虧欠。我只是覺得她的決定並不明智。

所謂「穩定」，其實最不穩定

我們必須知道，不確定性是產生財富自由的重要培養皿，因為風險與收益是一對孿生兄弟。不管是工作、事業，還是投資，只有蘊含了不確定性、不穩定性，伴隨而來的風險才能為利潤與收益帶來空間。沒有不確定性，沒有風險，持續穩定，那麼相應的也就不存在收益。

我在投資比特幣的時候，當時很多人認為比特幣根本是完全不值錢的概念，是垃圾。當時我全倉加槓桿十幾萬美金，全部投入了比特幣，在力求穩定的人來看，這完全是瘋子的行徑，因為這樣一種虛無縹緲的概念，連實體都見不到的比特幣，怎麼可能值這麼多錢呢？可事實是，比特幣讓我得到了第一桶金，實現了財富自由，我投資比特幣時一枚一百元，在其一枚六千元時全部套現。試想一下，如果比特幣是穩定的，是沒有風險的，那麼至少我不會成為現在的樣子。

所謂踏實，所謂安心，是工業社會的安全網，往往給依賴其成長的人帶來毀滅性的打擊。

我的節目有一位女聽眾，三十歲出頭的年紀，在一家外商公司做人力資源工作。在她看來，現在的工作毫無發展空間，但是穩定。目前月收入稅前五千元，每月給父母伙食費和還房貸就已經花掉三千元，結餘一千五百元是自己的日常花銷，無存款，屬於月光族。她很迷茫，希望能實現財富自由，可又不知道如何走下去。

這就是所謂「穩定」的代價，她已經工作快八年了，稅前收入也只達到了北上廣一個大學畢業生起跳的水準。即便她在物價低一些的二三線城市生活，這樣的收入還是很難讓她獲得成就感和幸福感。

其實工作本身最不重要的價值就是「穩定」，因為絕大多數的企業抗風險的能力都是比較弱的，而絕大多數工作職位風險很大。這不是觀點，而是事實。風險是一直存在的，所以還是要看行業給予的收入、收入的進步空間，以及自我提升的空間。即便是美國標普500指數的公司，大概每過二三十年都會來一次大洗牌，幾乎換掉一大半，更何況我們平常工作和創業的這些公司？公司的風險自然要大得多。

而且，所謂國營企業穩定，也是個假議題。這裡隱含著一個假設，那就是國營企業因為實際控制人是國家，當它面臨問題的時候，國家不會坐視不管，會進行兜底。所以個人無論多差都不會被辭退，薪水照拿，福利照領，這就是所謂的穩定。

但事實真的是這樣嗎？

二十世紀九〇年代中期，為了提升國營企業的效率，減輕國家負擔，曾經有過一輪大幅度的裁員，公司裡不少員工的家長就是在這個時候被裁員再就業的。而進入二〇一六年的經濟新常態之後，新一輪的淘汰落後企業、淘汰高耗能企業的產業結構升級也已經展開，很多鋼鐵廠等傳統能源型企業同樣開始新一輪的裁員。即便是很多效益很好的國營企業，也早已拋棄了過去「大鍋飯」的做法，實行競爭激烈的末尾淘汰制，能者上，庸者下。過去那種做多做少都能留下來的時代已經一去不復返了，即便進入這些國營企業，不斷學習、不斷向上的壓力也一點都不比「不穩定」的創業公司小。

除了你自己，沒有人有義務為個人兜底，包括國家。

拋棄穩定，勇敢地追求自我

雖然我們知道「穩定」是個假議題，並不存在，只有承認不確定、認同不確定，最終擁抱不確定的人才可能獲得自我提升，實現自我價值。但現實生活中有很多困難會阻礙我們拋棄穩定，追求自我價值的實現。

曾經有一位粉絲跟我說，他一九九一年生，快要研究生畢業了，很想創業，但家裡負擔很重。他雖然很認同我所說的價值觀，自己也每天在寫企畫書，研究商業案例，用僅有的一點錢去炒股，訓練自己的FQ■[1]，可是家人都不理解，甚至鄙視不去找穩定工作的他。「你又不是孫宇晨」是他的父母和周圍的人常掛在口頭的一句話，使得他不得不藏起心中的夢想，在失落中苦苦摸索。

其實他說的「你又不是×××」這個事情，在我的生活中也無數次出現過。我記得自己剛回國創業的時候，因為沒有工作經驗，當時投資人就說：「你從來都沒有工作過，你怎麼能管理好自己的一家公司呢？」我當時就反問投資人：「我們知道的很成功的創業者比如馬克·祖克柏、比爾·蓋茲，也是沒有工作一天就開始創業的呀！」然後他們就跟我說差不多的話，你又不是馬克·祖克柏，你也不是比爾·蓋茲，你怎麼可能成功呢？所以當我看到這位迷茫學生的這句話時，不僅似曾相識，而且感同身受。

每個人都會被別人用相同的方法和方式來否定，但這並不能阻礙我們真正去實現我們的夢想。所有負能量的打擊，我們都可以把它忽略，因為這都不重要。真正重要的，是我們能夠把自己想做的事情做成。我覺得，對於他來說，現在買股票去投資，並不是最重要的，因為他的錢也並不多，有限的資金帶給他的增值空間也不大。但是他還很年輕，還手握高學歷，真的可以試一試去北上廣深杭的互聯網公司打拼。

工作是否穩定並不重要，但是實現一個較穩定的現金流還是必要的。一個較穩定的現金流，能夠讓他在行業以及人生的選擇中處於一個遊刃有餘的狀態，然後向一線城市的互聯網行業進行轉型。有上進的強烈欲望會使他的年輕更有價值。

■ 1／FQ：Financial Quotient，財商，指投資和理財能力。

但需要注意一點，而這點也是很多家庭困難的同學需要注意的，千萬不要覺得家庭困難是一種包袱。首先他不能去資助家庭，因為這會把他拖垮，如果界線沒有劃分清楚，雙方都會非常痛苦。對於那些不斷破壞界線、不斷索取的家人，即便他們是至親，我們也需要勇敢地說出「不」字，勇敢地追求自我價值的實現。

在家庭沒有帶來很多麻煩的前提下，也不要依賴家庭給予的過多幫助。就像我自己從二〇一二年開始創業，家裡並沒有幫上忙，絕大多數情況還是得依靠自己打拼。對於像他一樣的年輕人來說，需要拋棄對於「穩定」的追求，無視周遭的不解和阻攔，勇敢地擁抱不確定性。到一線城市去，到互聯網行業去，實現人生價值的第一步，才是最為重要的一步。

我們身處互聯網時代，這個時代的主旋律就是變化。當時代的洪流襲來的時候，我們不應該妄想找到一塊固定的島嶼，過著與世無爭的「穩定」生活，因為潮汐和海浪不會給你這樣的機會。潮汐起伏不定，海浪翻滾無情，島嶼註定將被淹沒，「穩定」的生活將註定被打破。我們只有找到屬於自己的救生筏，在潮汐起伏中順流而下，在海浪翻滾中隨波向前，逐漸奔向美麗新世界。

從現在開始，放棄對於「穩定」的執念，開始正視「不確定性」的正確性。接受它、擁抱它、享受它，我們才能在互聯網時代走得更遠，走得更好。

在這個時代，
每個人都有可能透過自己的努力實踐自己的理想。
與他人合作，開創偉大的事業。

PART 5

我在財富自由的路上等你

年輕人向錢看

年輕人向錢看，把合法賺取更多的金錢作為自己的目標，不僅沒有什麼羞於啟齒的，反而更是應該被鼓勵、被主張的。

→ 218

年輕人向錢看，應該是這個時代最切合實際的議題。商業文化，向金錢看齊。不是呼籲拜金主義，而是我們需要真正了解金錢的價值，商業文化對整個人類的價值。

★重新定義利己主義

向錢看的本質，是強調利己主義與經商賺錢的合法性。

利己主義可以成為年輕人的新道德觀。美國有一位作家叫艾因·蘭德（Ayn Rand），她曾說：「我們應將個人視為英雄，以個人的幸福作為人生的道德意義。」這句話告訴我們，人本身就是所有事情的最終目的。一人之本，我永遠都不會為他人而活，也從不要求他人為我而活。

對利己主義的認同，是個人奮鬥的前提，是社會繁榮的先決條件。財富自由，合法賺錢，是每個年輕人需要關心的問題。

我們可以說，財富自由與獨立，會為個人帶來精神的自由與解放，會為社會帶來積極進步的變化，會為國家帶來無數個有錢、有趣、有理想的新公民。

艾因·蘭德用《阿特拉斯聳聳肩》（Atlas Shrugged）這本書，有系統地講清楚了一個道理：真正推動和改變這個世界的是企業家和商人。他們其實承擔了這個社會的賦稅，供養了國家政府，同時也為公益組織進行輸血，並提供了這個世界上絕大多數的就業職缺。假如一個國家的企業家精神和商人思維無法興起，對於這個國家或地區來說，將是一個非常大的災難。

阿特拉斯是古希臘神話中的擎天神，他被宙斯降罪以雙肩支撐蒼天，把地球背在肩上，所以當他一聳肩，地球就從肩上抖下來掉在地上。「阿特拉斯」是對企業家非常好的比喻，其實企業裡的所有人都背負著整個國家的經濟。所有企業家對自己高尚道德承認的勇氣和對自己存在價值的肯定，都可能來自於納稅以及供養世界。

★不斷汲取營養才是真正的利己

既然利己是合理的、合法的，甚至是光榮的，那麼如何才能達到最佳的利己呢？這裡需要摒棄一個錯誤的觀點，利己不是占小便宜——這一次借別人的錢不還，下一次從公司多報銷些錢出來，這樣的行為表面利己，實則短暫而無效。站在人生的長時間角度來看，是嚴重損害自己的。

真正利己的方式，是讓自己成為一個終身學習者，不斷汲取營養。

不管是企業家，還是初入職場的年輕人，學習都非常重要。把學習常態化，和吃飯、睡覺一樣，是日常的行為。學習就如同吃飯，本來就是每天幫助你進化、吞吐，在精神上新陳代謝的方式，是常態化且必須碎片化的過程。

在我求學和創業的過程中，我發現很多年輕人還有一個迷思和誤解，那就是大學學了四年之後就不用學習了。這是很荒謬的，在行動互聯網的時代，一個人不更新自己的知識體系，怎麼能適應不斷變化的社會環境呢？

而且，我們必須知道，如今時代的發展如此之快，以至於一個人每年的主題都是不同的。就我個人來說，二〇〇七年，是決心逆襲的一年；二〇〇八年，是學習的一年；二〇〇九年是戰鬥的一年；二〇一一年是探索的一年；二〇一二年是痛苦的一年；二〇一三年是狂飆突進的一年；二〇一五年是成長學習的一年；二〇一六年是不斷制定和優化戰略的一年。每年的主題不同，想法不同，人的成長本來就是動態、複雜、不斷進化的過程。就算一個大型的國營企業很穩定，也沒辦法指望在裡面過一輩子。標準普爾指數，是反映美國最優秀上市公司的指數，它顯示美國每三十年就會換掉70%～80%的企業。就算成為美國最優秀的公司，例如蘋果公司，都不敢保證未來三十年內公司一定會存在。

即便是在激烈的市場競爭中存活下來的偉大公司，也不能故步自封。員工如果在一個看似穩定的傳統國營企業裡，還不思進取，很可能一兩年就失業了。柯達、諾基亞這些公司或倒閉或喪失了當年的鋒芒，核心原因就是沒跟上時代科技進步的風向標。柯達、諾基亞有很多非常優秀的員工，有多年良好的累積，但如果他們不堅持學習，跟不上時代的潮流，最終也會被時代拋棄。所以，堅持每天學習仍然有落後的風險，如果不持續學習，就一定會落後。

★ 初入職場的年輕人如何向錢看

剛剛進入職場，很多人都會有收入不算高卻還想要投資的想法。深圳有一位聽眾，從事銷售行業，一九九四年出生，目前存款三萬塊，薪資一個月平均下來也就八千元，相信很多年輕人都跟他差不多。

首先，一九九四年出生的他，平均每月收入可以在八千元左右，如我的父親奮鬥了二十多年，在一個三線城市，而他的薪資才達到八千元而已，所以這個時代對於年輕人來說是一個最好的時代。

其次，在深圳能夠存到三萬元現金，說明他是一個對未來有規劃、懂得克制的人。此時如果沒有理想的槓桿管道的話，先不用考慮投資，而是應該考慮如何在本職工作的銷售管道中盡快打通職業發展路線，讓自己在本職行業中更進一步。

據我所知，很多世界五百強企業的CEO都是做銷售出身的，銷售人員對人性的體察都特別深邃。包括我自己在進行融資時，其實就是我們公司最大的銷售人員。所以如果把這三萬元投入在請「老司機」[1]教你如何銷售，還有行業中各種各樣專業的銷售培訓班上，是更有價值的。對他來說，至少在未來的兩三年中，首先關注的應該是銷售技能、工作能力的提升問題。

★ 職業發展的岔路口如何向錢看

工作一段時間以後，不少人都會走到職業生涯的岔路口，此時如何選擇更好的道路就成為核心問題。我有一位女性聽眾，接近三十歲，在醫院的體檢中心上班，在她看來是做著沒有什麼技術含量的醫療工作。

除了維繫這份工作，她還有另一條道路，那就是辭職去考博士。但是據她所知，

[1]／老司機：指有豐富駕駛經驗，開車很熟練的司機，引申為行業老手，對各種規則、內容及技術等十分熟悉，具有豐富經驗。

博士內定的居多，不是分數夠就能上，運氣實力都要有。即使考上了也要面臨兩個問題，一個是不好畢業，要在國外著名的雜誌上發表論文才能畢業；二是自己存的錢在上學期間會用光，畢業了還得一個月一個月地從零賺起。當然她可以選擇維持現狀，收入還可以，只是看不到未來，沒有價值感。她陷入了兩難的境地。

在我看來，這是很多年輕人工作幾年之後的普遍現象，而她本身又身處風口浪尖的醫療行業，更具有代表性。我雖然並不從事醫療行業，但是我個人非常看好醫生這個職業。因為現階段的醫療體系嚴重地低估了醫生這個職業的價值，但是我相信，它不可能永遠處於被低估的狀態。

我之前在美國讀書的時候，發現醫生這個職業在美國的地位非常高，這才是醫生應該有的狀態。而且，醫生的職業門檻非常高，如果一人想要成為一名醫生，他需要花費巨大的時間投入和教育成本的投入。同時，並不是任何人投入相同的時間和金錢後都有能力成為一名醫生，這對於個人的天賦也有相當高的要求。

每個國家都是這樣，醫療教育資源是有限的，所以當一個人成為一名非常好的醫生之後，他不僅僅可以實現救死扶傷的理想，同時也等於在這個社會的競爭中擁有了一件非常強的盔甲。從這個角度來看，要清楚地判斷自己的想法和能力，困難是可以克服的。我在參加法學院入學考試（LSAT）之前也從沒有學過法律，最後的分數

→ 224

也很高，所以，永遠不要低估自己。對那位聽眾來說，放棄現在的一些東西，努力追求未來的、更大的金錢和價值回報，考取醫學博士，應該是更好的選擇。

★ 實現財富自由後如何向錢看

當度過了職業初期，完成了職業規劃，一切順利的話，一個人就很有可能趨近或者實現財富自由了。那麼在這個時候，還需要向錢看嗎？如何向錢看呢？這也是很多聽眾在問我的問題，他們想知道，一個財富自由的人，究竟過著怎樣的生活。

我在二〇一三年的時候實現了個人層面的財富自由，然後從二〇一四年回國創業到現在，每一天都是在工作中度過的。在大多數人的想像中，當一個人成為億萬富翁，他很有錢，或者他實現財富自由之後，他就變成一個天天享樂，環遊世界，每天過著醉生夢死的生活的人。其實絕大多數人都不是這樣的，我覺得不僅僅是我，包括我的老師馬雲、我的湖畔大學校友們，他們基本上每天都在工作，因為工作是他們一個非常大的樂趣。

我從週一到週日幾乎都在工作。當然，我非常喜歡我現在的生活狀態。而且我也知道我做的每一件事情，都是有意義的，這時候我依舊在向錢看，但不僅僅為了我個人的財富增長，也是為公司的員工、為社會創造更大的價值，恰好這種價值的體現是金錢罷了。所以，我的幸福感很高。對我來說，工作也是一種享受。

年輕人向錢看，把合法賺取更多的金錢作為自己的目標，不僅沒有什麼羞於啟齒的，反而是應該被鼓勵、被宣導的，因為只有這樣，他才能不斷地學習，規劃自己的職業方向，調整自己的工作狀態，漸漸將自己每天在做的事情，有效地調整成為一種非常開心愉快的工作。這種利己，才會讓他個人產生更多的消費，為國家繳納更多的稅賦，為社會創造更多的價值，自己也會離財富自由越來越近。

大膽向錢看，堅定向錢看，未來在這條道路上等著你。

→ 226

普通人如何賺到第一桶金

我們唯一需要的是勇氣，
與舊時代決裂的勇氣；
是決心，縱身跳入互聯網大潮的決心。

百萬富翁，在英文中，有個專有名字「millionaire」。從二十世紀開始，在絕大多數西方年輕人心目中，成為百萬富翁就是一個神聖的目標，甚至有人提出，要將賺到人生的第一個一百萬作為自己成年的標誌。

對此我深以為然，一個年輕人，經過自己的不懈奮鬥，賺到人生的第一個一百萬，無論是用什麼方式，都值得讓人肅然起敬。

在這個複雜而不易的過程中，他一定經受困苦、磨難、失敗的拷問與打擊，嘗遍了人間冷暖和酸甜苦辣。他會更深刻洞察社會運行與競爭的真正規律。在長時間堅持不懈的努力後，最終才能修成正果。

這第一個一百萬，是對他的能力與道德的表彰，這比世界上的任何一個獎項、任何一個動章都更能證明一個人的美德、勇敢與驕傲。這也是他成年的標誌，因為這樣才能無時無刻不向社會證明，他有能力扛起這個社會賦予的重任。我第一次把這個目標堅定地寫在筆記本裡，是二〇〇八年進入北大那一年。那時候，我父母給我一個月的生活費是一千元，比北京最低薪資差不多少了一半。為了維持日常正常開銷，我每頓飯不能超過七塊錢，去吃一次肯德基都得考慮半天。想想當時，覺得日子過得非常艱難，大一的我，暗暗下定決心，一定要早日賺到人生的第一個一百萬，實現真正的自我獨立。

當時這個目標，對於我來說遙不可及。我將它深深埋藏在心底，但它卻像一顆頑強的火苗，不斷灼燒著我的心，不斷鞭策著我前進。讓我成熟，讓我自省，讓我清醒地一步步邁過青春的藩籬與陷阱。

現在想來，我在二〇一三年上半年就實現了這個目標。二〇一三年的下半年我的個人資產就已經突破了一千萬，早已將當初這個遙不可及的小目標，遠遠拋在了身後。

我相信，即便出現了意想不到的變化，重歸一無所有，我也有能力迅速白手起家，創造奇蹟，這都是第一個一百萬帶給我的自信、堅定和勇敢。

★應許之地——互聯網

我也曾像很多年輕人一樣四處尋找機會，做過家教、炒過股票、投過稿、擺過攤、做過小本生意，皆不得其法。一切改變都源於我進入了互聯網行業。

如果說在此之前，我有一個寶貴的特質，那便是有很強的抗打擊的能力。我的接受挫折能力極強，幾乎沒有什麼困難、失敗、輕視能夠磨滅我嘗試的熱情。後來我才領悟到，承受失敗，也是互聯網行業最需要的特質。

互聯網對於我們這代人來說，就像十九世紀的美洲大陸，遍地是機會，處處是野蠻生長的希望。

如果說，傳統生意關注收益率和金錢，互聯網關心的則是顛覆與增長。特斯拉的創辦人伊隆．馬斯克畢業於賓大，也是我的校友，他曾經邀請賓大同學參觀特斯拉的工廠。當時華爾街對特斯拉的企業概念並不看好，整體股價處於一個非常低迷的狀態。

我們有幸得到他的接見，當時他向我們描繪了特斯拉顛覆整個汽車行業的未來前景。整場對話，鮮有談論如何賺錢的環節。公司並不著眼於銷售汽車而賺錢，而是深深希望擊敗通用、寶馬、本田、戴姆勒等汽車巨頭，顛覆整個能源行業。那時的特斯拉公司的市值不到四十億美元，但已經能看到其併吞海內的氣魄與決心。

特斯拉也許不是一家合格的汽車公司，但一定是一家優秀的互聯網公司，它的戰略、態度、野心，如果放在任何一家汽車公司身上是不合適的，但是對於一家互聯網公司來說，生逢其時。

參觀回來之後，我便將全副身家押寶於特斯拉的股票，這次的選擇為我帶來了將近五倍的回報，也是我第一次真切感受到互聯網公司增長的魅力。

這次機會，也讓我深刻意識到，人類社會將完成從傳統工業社會向現代互聯網社會的躍進。這就如同十九世紀愛迪生發明電燈，開啟電氣時代一樣（特斯拉恰恰取名於愛迪生電氣時代的對手之名），互聯網將成為整個時代的引擎。

如果說十八世紀的主角是機器，十九世紀是電氣，二十世紀是石油，那麼如今二十一世紀，便是互聯網。賺錢，不能簡簡單單依靠努力本身，更重要的是要有出色的想像能力，敏銳的商業嗅覺，永不停歇改變世界的野心。而互聯網，恰恰是為了這樣的人而存在的一種事物。

★ 進入互聯網

互聯網行業是沒有任何門檻的行業，相容性非常強，任何人透過很簡單的方法都可以融入互聯網。

很多人說，大城市的工作不好找，對於這點我是不同意的。這就如同一個十九世紀的年輕人抱怨自己在世界工廠倫敦找不到工作一樣。當時的倫敦與今日之北京一樣，是全球最熱門的行業的發動機引擎，機會遍地，處處是黃金。

我們唯一需要的是勇氣，與舊時代決裂的勇氣；是決心，縱身跳入互聯網大潮的決心。

首先，我們可以進入一家互聯網公司，甚至是初創公司。在這裡，我們可以感受到互聯網公司的氛圍，瞭解互聯網生態，對整個互聯網的發展環境有個清醒的認識。

互聯網歡迎每個人成為他的用戶，絕大多數的互聯網服務也是免費的。成為互聯網公司的員工，有一個小訣竅，那就是先成為互聯網公司的重度用戶。因為成為重度用戶後，自然會得到互聯網公司的關注；成為重度用戶，也恰恰是實現與互聯網公司產品運營的第一步。

互聯網公司的起薪，要遠遠高於傳統行業。就以我們公司為例，在「陪我」APP公司，技術等級員工的起薪為每月一萬五千元，年薪包括年終獎金早已超過二十萬元。而產品負責人、企劃專員達到主管級，年薪也有十五萬元。這尚未考慮技術專家、產品領頭人等核心人員的薪水狀況，他們的薪資水準早早就高達三四十萬，甚至百萬。

其次，我們可以成為互聯網世界的KOL，也就是網紅。

回頭想想，我當時在人人網興盛時期，就是很不錯的人人網網紅，當時我有上萬名關注者。同時我在人人網的文章，幾乎篇篇點擊量都能突破十萬，在這個時代，成為KOL也能夠迅速突圍。

到了二〇一六年，這種現象更加明顯，Papi醬（薑逸磊）憑藉生動的互聯網短視頻表演，融資突破千萬，廣告銷售單筆突破千萬。而如雪梨、張大奕這樣的網紅，所經營的網店銷售額早已破數億，年淨利潤直逼許多主機板上市公司。

不同類型的網紅更是如漫天繁星，數不勝數。對美妝、攝影、女裝搭配、專業知識具有自我見解的人，皆可成為網紅。不斷透過淘寶、微博、微信公眾號等新社群工具進行變現，年收入迅速突破百萬不成問題。

二〇一六年開始，KOL新社群，甚至成為淘寶重新崛起的最大希望，新社群是一個千億美金生態系統的成長起點。

★利用互聯網借力打力

我的聽眾裡有一位單身女生，一九九一年出生，有房子和車子，是一名外貿公司的業務員，年薪五萬左右，手頭有三十五萬左右的現金，分散在各個不同的投資管道，包括股票、指數基金和理財產品中。平常透過《富爸爸，窮爸爸》這類的書籍獲得投資理財的基本知識，希望知道如何加強自己的投資能力，如何分配自己的現金。

我覺得對於她來說，最大的問題，一是職業發展缺乏未來，外貿業務員的成長空間太小，行業增長的效率太低。二是投資太分散，分散了她太多的精力。沒有瞭解投資真正的真諦是瞭解未來、領悟未來、相信未來、專注未來。而這個未來就是互聯網。

她的投資太分散了，僅僅三十五萬元的現金，卻分散在股票、指數基金、理財產品中，而這其中任何一個領域，都要耗費大量的精力去學習，卻沒有超額回報。她應該做減法，一次把所有產品拋售，把三十五萬現金拿回來。

我當初在美國，最初本金也不超過十萬元人民幣，先投特斯拉股票，後投比特幣。在投資前，要對二者要有極深的研究，而一個人在固定時間內研究好一件事情已經很不容易了。其次，要求籌碼一定要集中，一次投入你深信的一件事情裡，這比什麼都強。即便我投特斯拉有五倍回報，比特幣有二十倍回報，但如果籌碼不集中，這也很難實現這樣豐富的財富回報。

互聯網的機會非常多，就以投資而言，二〇一二年有特斯拉，二〇一三年有比特幣，二〇一四年有XRP（Ripple）■[1]，抓住任意一波機會，都足以彎道超車。在機會過剩的時間裡，缺少的是集中的籌碼與判斷機會的能力。

這也是我為何不斷強調，在完成一百萬的人生原始累積前，一定要將大多數的時間精力用於提升自我，為進入互聯網行業準備，而不要將大量的時間用於投資各類產品。投資本身是一個高風險行為，更是一個高耗時行為。即便三十五萬元，賺了20%，也就是七萬元，完成這個回報已經占用大多數時間，而七萬還不到絕大多數互聯網人的入門起薪。

因此，我給她的建議是，拋售所有的理財產品，選擇北上廣深杭一個城市，將三十五萬用作提升自我、進入大城市的早期投資本金，同時對互聯網的發展浪潮隨時關注，為早日進入互聯網做好準備。

這個時候，她僅僅二十六歲。

賺到人生的第一桶金，並不難，重要的是我們要加速達到這個目標，並在這個過程中真正磨礪自己對於互聯網行業、對於金錢的理解，進而在整個行業、整個城市分布、整個職業發展路徑中，搶占更有利的地位。

我相信，當機會來臨時，有準備的人，總會有所作為。

1／XRP：瑞波幣，Ripple 網路中流通的電子貨幣。

最不值錢的就是錢

我們在目標前是渺小的，只有借力使力，
才能更加優化社會資源的配置。

→ 236

★節儉是貧窮的先兆

大家最怕一個詞——通貨膨脹，感覺鈔票印多了不是好事，其實通貨膨脹恰恰是繁榮的秘密。在通貨膨脹的預期下，絕大多數人都會採取更為激進的財務策略，花明天的錢圓今天的夢，借更多的錢投入生產與自我提升。

而傳統老百姓的思維卻是存錢、節儉、以儉養德。這與我們的父輩長時間處於貧困掙扎線上的童年有關。從小，父母就教育我要節儉，家裡如果有東西要扔掉簡直是犯罪。衣服最好穿父母剩下的，只要能保暖，不要在乎任何美感，一雙鞋沒有補三四遍就不許換。我記得我高中時，我爸說：「兒子長大了，太好了，我衣櫃裡有好多衣服你以後都能穿了，以後再也不用幫你買衣服了。」

我當時的心情是崩潰的。我爸一百八十五，我一百七十五，他的腰圍應該至少大我三圈，我爸的西裝我穿在身上就跟袍子一樣。

我在美國讀書時，有些美國人也有這個習慣，叫作「hoarding」，就是囤積癖，不願意把東西扔掉，反覆用反覆穿，即便沒有用也留著。只不過在美國，心理醫生不會認為這是節儉，往往把這種行為當作一種需要被治療的心理疾病來看待。

其實我們心裡很清楚，到了我們這個時代，衣服的供給自然是過剩的，我們不會經歷吃不飽穿不暖的生活，衣服對於我的意義是：穿著是否舒適、合體；我的穿著異性是否滿意，是否能讓我找到心儀的她；如果能表現出我對美的追求就更好了。

從這個角度來說，衣服是隨著以上幾個需求不斷變化的，因此你就可以理解女生平時「買買買」的行為了。

正因為這個原因，出現了大量的服裝原料供應商，出現了大量的設計師，出現了大量的品牌商，甚至催生了滿足「買買買」樂趣的網路購物平臺。

與此相反，如果每個人還停留在「縫三年，補三年，縫縫補補又三年」的年代，衣服不穿破不甘休，上述所有的企業都得倒閉，從業人員都得失業，更不會出現購買平臺讓我們的生活變得更加便捷。

這就是經濟學中「需求創造增長」的理論，它還會帶來一個附加效應，就是當消費的人更多了，規模效應會大幅降低每個人的消費成本，進而讓每個人的生活成本降低。

高科技領域中，無人駕駛汽車中的一個車載雷達，目前價格是七萬五千美金，約合五十萬人民幣左右，已經是四、五輛普通汽車的價格了，這是無人駕駛汽車無法大規模普及的一個重要原因。

為什麼這種車載雷達如此之貴呢？核心問題並不是技術太複雜，或者能生產的企業太少，而是因為這種車載雷達的訂單量太少。如果車載雷達日後的訂單量，也就是以後無人駕駛或者輔助駕駛類的汽車突破一百萬輛的話，那麼車載雷達的價格就會降低到一個五百美金，這僅僅是之前價格的6‰，規模效應帶來的巨大改變可見一斑。

我們生活在一個物質極為豐富，科技高度發達的時代，我們的使命是努力奮鬥讓宇宙萬物都能夠更加滿足人的需求，而不是壓抑自己的需求，奉行傳統的勤儉節約，以儉養德，這樣會讓世界變得更糟。

把這個道理告訴你的父母吧，如果你不怕被打的話。

★ 借得越多，賺得越多

我父母從小就灌輸我一個觀點：「孫家人是有尊嚴的，不求人，從不借錢。借錢是這個世界上最丟人的事情。你以後可千萬不能混成以借錢為生的人。」

後來我創業了，發現如果一個正常企業不借錢，幾乎無法立足，我必須把以前認為的這個世界上最丟人的事情——借錢，重複做很多遍。而且我悲觀地發現，可見的未來，我可能還會持續「丟人」下去。

其實每個人創業之初，資源都很有限，早期只有簡單的幾種籌資方式：借貸或入股。我二〇一二年第一次創業，為了實現夢想，找幾個朋友借了幾千美金。

本來有個朋友願意投資我五萬元人民幣占公司10%的股份，但在不斷觀察之後發現我做的事他看不懂，便放棄了投資。

如果我在成立直播平臺之前不去借錢，就沒有今天的「陪我」公司，也沒有今天千萬用戶在互聯網上對語音直播的優質體驗，更沒有今天在讀者面前的這本書。

其實在真正的社會中，借貸已經十分普遍，借錢給利息，也成了一個最普通的社會交易行為。借錢不丟人，只要夢想對，借得越多，賺得越多。

我們公司與「小米」公司都是招商銀行的客戶，銀行的客戶經理跟我們說：「『小米』每年會從銀行借幾十億人民幣投入到手機生產中，如果你們願意，我們也可以借錢給你們擴大規模。」

可以說，要實現「為發燒而生，讓千百萬人實現夢想」這句小米的知名標語，即便雷軍也沒有這個能力，他需要借力使力，需要透過投資與借貸來完成自己的夢想。對於一個普通人來說，不也是這樣嗎？我們在目標前是渺小的，只有借力使力，才能更加優化社會資源的配置。

我們希望提升自我，希望透過「買買買」變得更美，如果沒有錢，我們可以用信用卡提前消費；我們希望買一間房子進行投資，獲得好的投資回報，可以透過銀行信貸來實現夢想；甚至我們可以從公司借錢，認股創業公司，待公司成功，共同享受成長紅利。

借錢是一種自然的大規模陌生人協作行為，只要我對錢有需求，有人願意借給我，我還錢付利息，本身就是最大的善事。那個故步自封、保守僵化、自掃門前雪的時代結束了，一個陌生人大規模協作、彼此溫暖、彼此幫助、合作創造美好的時代即將到來。

錢不稀有，稀有的是奮鬥；錢不稀有，稀有的是闖勁；錢不稀有，稀有的是個人。

勇敢借錢消費，借錢提升，借錢圓夢，這個時代會獎賞勇敢的人。

★ 花錢，花錢，再花錢

我剛去美國念書的時候，發現一個奇怪的現象，美國的高樓大廈從來都不關燈。就算是凌晨一兩點，整棟大廈還是燈火通明，看來美國人從來沒有「人走關燈」的習慣。

後來，有同學跟我解釋，首先美國的電費是非常便宜的。其次，這些燈如果經常突然全部關掉，之後再開啟的話，電網的承載壓力就會出現很大的波動。這種大幅波動對電網是非常不利的。與之相反，如果電網保持在一個規模性的穩定用電量，才能夠讓電廠維持恆定的低成本，同時延長基礎設施的使用壽命。

這讓我回想起自己上國中的時候，老師經常講當今世界出現了能源危機，要節約能源，維持地球的可持續發展。但是長大後瞭解的事實卻是，全世界能源根本用不完，新能源一天比一天多，能源價格一天比一天低。美國的頁岩油、新能源、電池技術突飛猛進地發展，石油價格也是屢創新低。

也許，我們真的應該將心思花在如何把能源花出去上，而不是挖空心思節約能源。這個時代也是這樣，我們會獎勵消費的人，而不是獎勵節約的人。我們會喜歡那些好好地把資源分配出去的人，而不是有資源不用活活浪費掉的人。

認真想想怎麼花錢，這個時代會給你最大的獎賞。

創業的時候，我們也發現，真正資本市場給予高估值的企業往往都是那些好好地把資源分配出去、好好地把資源花掉的企業，而不是更節省資源的企業。

全世界絕大多數硬體企業，比如硬碟廠商希捷（Seagate），這幾十年來，將磁片運算力提升了成千上萬倍，容量縮小了上千倍，卻只有極為微薄的利潤。而把資源花出去的公司如微軟、Google、Facebook，股價卻一飛沖天。整個硬碟行業的利潤，都遠遠比不上微軟一個公司。微軟工程師每天的重要任務，就是想好怎麼把突飛猛進的電腦運算力用軟體給花掉，來創造更好的用戶體驗。

一個企業中的員工，老闆也更喜歡那些可以幫公司把錢真正花出去，帶來真正業務品牌提升的員工，而不是那些每天強調勤儉節約，起早貪黑卻沒有任何工作成果的人。

花錢，花錢，再花錢，把錢花出去。懂得花錢的人，就是這個世界上最寶貴的資源。

我是如何實現與理解財富自由的

對財富的正確理解，甚至發生在賺到錢之前。而對於財富的錯誤理解，會讓一個人即便幸運地得到了錢，也可能迅速失去它，因為你缺乏駕馭財富的能力。

→ 244

在很多熟悉我的朋友看來，我身上發生過太多神奇的變化。二十二歲的我還是一個普通的留美學生，為了實習、工作辛苦奔波，一年之後，卻靠著投資特斯拉、比特幣與中概股[1]獲得近百倍的回報，得到了自己人生的第一個一千萬。

二十二歲的我還是一個想在美國註冊公司，耗了兩個月卻都辦不下來、看到報稅表就頭疼的創業小白，經過四年奮鬥，成為將公司發展為用戶近千萬的互聯網科技公司CEO。我也成為馬雲創辦的湖畔大學首期中唯一的九〇後學員。同時，我還登上了《富比世》雜誌評選的三十位三十歲以下創業者榜單。

在外人看來，我似乎發生了一些神奇的變化，但是在我看來，我還是當初那個對所有事物都抱有強烈好奇心的讓人發笑的傻瓜，那個對失敗習以為常只知道努力反覆嘗試的二百五傻瓜，那個對反覆做自己喜歡的事，發憤忘食樂以忘憂不知老之將至的辛苦的傻瓜罷了。

1／中概股：中國概念股，泛指有赴中國投資的上市企業。

這些年，除了每天在公司工作十二個小時以上，樂此不疲地創業之外，真正變化的是我對財富自由的理解。

而這份對於財富自由的理解，也引領我賺到了人生的第一個一千萬。這不僅實現了我的財富自由，更大大實現了我夢寐以求的精神自由。

其實，我們絕大多數人對財富自由的理解，都停留在一個高度一致的定義：一夜暴富。有物質追求的，每天花天酒地，吃喝玩樂；有精神追求的，則是做一個幸福的人，劈柴餵馬，環遊世界。而我這種既有物質追求，也有精神追求的人，則是每天既花天酒地，吃喝玩樂，也劈柴餵馬，環遊世界。

如果沒有一夜暴富這種幸運，我們退而求其次，對財富自由的理解，則是現階段的所有被動收入（投資利潤、獲得的版稅、得到的房租等）大於基本生活開銷，這樣我們雖談不上享受，但至少能每天躺在床上不用幹活。

當我開始創業，漸漸接觸到大量早已實現財富自由的人，卻發現他們的生活狀態完全不是想像中那麼悠閒和瀟灑，相反，他們要比我們這些創業的人還要勤奮努力得多。

例如湖畔大學的校長馬雲。每天早上九點上課，當我們急急忙忙地跑進教室，馬雲早就到教室了，而且已經把課都備完了。他講完課的當天晚上，就坐飛機去美國見華爾街的投資人。

在湖畔大學好幾次上課，馬雲老師都是剛處理完集團的事從國外飛回來，連調時差的時間都沒有。

賓大的榮譽校友巴菲特，更是以勤奮出名。每天工作的時間都在十四個小時以上。他今年已經八十七歲了，仍然在波克夏．海瑟威公司（Berkshire Hathaway）的第一線工作，絲毫沒有退休的想法。甚至是二〇一二年四月十七日，他在給公司股東的信中說明自己已經罹患前列腺癌一期，卻仍然表示自己精力十分旺盛，完全能夠勝任工作。

在不分晝夜連玩四天電腦遊戲後，頭暈腦漲的我終於發現，如果說，吃喝玩樂，花天酒地之所以對於現在天真的我具有一定程度的吸引力，也是因為我絕大多數時間是在繁忙的工作中度過的。

即便娛樂活動分泌出的多巴胺能使得我快樂，大多也是因為它是我創造性活動（工作）中出現的間歇性行為。也就是說，享受性活動的快樂本質上是不可持續的，只有創造性活動的快樂才是可持續的。

這讓我意識到，財富自由也許是一種因財富獨立而產生的精神自由的狀態。這可能與吃喝玩樂、花天酒地的享樂毫無關係，與劈柴餵馬、環遊世界的文藝追求也不相干。

我漸漸發現了屬於我自己的財富自由的真正定義。

財富自由的定義就是，不需要為金錢做出價值觀的妥協。妥協的種類包括付出時間、付出金錢、付出注意力、付出情感和尊嚴。

首先，我們會發現，財富自由的定義其實相當狹窄。財富自由並不會帶給我們真正的快樂，因為真正的快樂來自於創造性的行為，例如創業與工作。財富自由能做到的只是能夠為我們免除人生中因金錢不足而產生的各種麻煩與妥協，因此，財富自由能產生的作用是相當有限的。

這也回答了我們經常會提的傻問題系列之「為什麼有錢人也會不高興」，因為錢並不能帶來心靈上的滿足感和愉悅感。

真正解決「不高興」、「不開心」、「不爽」的，是透過創造性活動，獲得他人的認可、行業的認可、社會的認可，或者甚至是僅僅來自於自己的認可。

豐厚的財富其實不僅不是萬能的，而且能產生的作用相當有限，如果要持續地獲得快樂與幸福，核心還是要找到自己熱愛的創造性活動，並因此獲得幸福感。

其次，財富自由也僅僅只能幫助你解決不為金錢妥協的問題。

也許你得為親情妥協，不得不為父母的奇葩想法買單，甚至是他們不合理的請求與想法。比如你父母硬逼著你生小孩，逼著你結婚，這個問題某種程度上來自於他們的固有觀念，幾乎是不可解決的。財富自由也只能保證你能夠財務獨立而不受到他們的控制，但是他們對幸福生活的定義永遠在那裡。

也許你得為權力妥協，不得不為了主管機關的官員行事作風而買單。比如我們天天在新聞上看到不少早已實現財富自由的鉅商富賈因為行賄而被調查，一方面是沒有管理好個人邊界，但大部份往往是因為身在其中身不由己，你即便不送，但攔不住他過來要。

也許你得為愛情妥協，甚至為了愛人許多不合理的想法而買單。比如我見過太多富太太因為開美容院咖啡店而賠錢。他們的另一半往往都是非常優秀的企業家，難道看不出這是個賠錢買賣？相信我，越會賺錢的人越有自尊心，往往很難忍受虧損，哪怕是很少的虧損。這往往都是愛的妥協，招架不住愛人喜歡開咖啡店美容院啊。

因此，如果你一直是抱著「實現財富自由便能實現終極幸福，達到快樂巔峰的觀點」的觀念（我以前就是這麼淺薄的人），也許財富自由會讓你失望了。

但財富自由至少能讓我們不為金錢而做出妥協。

至少，我們可以為自己喜歡的老闆、公司而工作，在選擇工作時，首先考慮工作本身，而無須擔心待遇。至少，我們可以為自己喜歡的事業而工作，而無須擔心事業本身帶來的財務回報並不豐厚。

甚至，你手上的這本書能順利出版，我也要感謝財富自由。其實，我從拿到「新概念作文大賽」一等獎開始，就希望能出一本屬於自己的書。能不能大賣，能不能暢銷，我都不在乎，我就是想出一本屬於自己的書。這可能是我自孩提時代最大的夢想之一。

因為各種各樣的原因，這個夢想被耽擱了十年。其實回頭看來，一個重要的客觀原因，還是我之前一直沒有實現財富自由，不得不把更多的事情放在維持生計、個人成長之上，而無法拿出一個整塊的時間，有系統地寫一本自己滿意的書。

而現在的我，至少獲得了部分的時間自由，我可以拿出我自己的時間，專心致志地做我喜歡的這件事——寫一本屬於我自己的書，而不用患得患失，擔心害怕這本書的前途與銷量。

就算這本集成我的思想的書賣不出去，留給自己，也是一個紀念。不是嗎？感謝財富自由，讓我有這麼一個任性的機會。

至少，財富自由可以讓我在互聯網時代成為典型的付費用戶，無論是「王者榮耀」、「部落衝突」這類遊戲，還是「騰訊視頻」、「愛奇藝」、「優酷土豆」這類視頻網站。我可以靠付出金錢換到優質的用戶體驗，省下大量的時間。

至少，財富自由可以讓我們在選擇伴侶的時候，更多面向去思考我是否真正喜歡

→250

對方，而無須考慮和對方在一起，我能得到多少好處。當愛情來臨時，我們可以從容地選擇愛情，而麵包，自己買就夠了。

對財富的正確理解，甚至發生在賺到錢之前。而對於財富的錯誤理解，會讓一個人即便幸運地得到了錢，也可能迅速失去它，因為你缺乏駕馭財富的能力。

《財富雜誌》曾登過一篇文章，Why So Many Lottery Winners Go Broke（〈為什麼這麼多的彩券中獎得主最終破產〉），裡面有一個全球性的彩券調查，發現彩券頭獎獲得者80％在四十年之內就回到了原狀，這個資料深刻地說明了理解財富的重要性。

從這個角度來說，財富自由是一種精神理解狀態，其背後有異常複雜的縱深。除了對財富的正確理解，還包括對人類社會的清晰洞察，對行業的深刻理解，對人性的精確體察。

總而言之，財富自由是一種生活方式、精神信仰，是一種值得捍衛的世界觀與價值觀。獲取財富，是對我們信仰的獎賞，而失去財富，是對他人不信仰的懲罰。財富自由來自於一整套觀察、信仰與改造世界的方式。財富自由也是人人皆可享有的權利，不分種族、膚色、性別、語言、國籍與出身。

我們因信仰自由而享受自由，財富是自由價值的一種表現。

財富自由，終歸信仰之人。

財富自由的定義就是，不需要為金錢做出價值觀的妥協。
妥協的種類包括付出時間、付出金錢、付出注意力、付出情感和尊嚴。

年輕是這個世界最大的既得利益者

作者——孫宇晨
主　編——楊淑媚
責任編輯——朱晏瑭
封面設計——張巖
內文設計排版——張巖
校對——朱晏瑭、楊淑媚
行銷企劃——許文薰
董事長、總經理——趙政岷
第五編輯部總監——梁芳春
出版者——時報文化出版企業股份有限公司
一〇八〇三台北市和平西路三段二四〇號七樓
發行專線——（〇二）二三〇六—六八四二
讀者服務專線——〇八〇〇—二三一—七〇五
（〇二）二三〇四—七一〇三
讀者服務傳真——（〇二）二三〇四—六八五八
郵撥——一九三四四七二四時報文化出版公司
信箱——臺北郵政七九～九九信箱
時報悅讀網——http://www.readingtimes.com.tw
電子郵件信箱——yoho@readingtimes.com.tw
法律顧問——理律法律事務所　陳長文律師、李念祖律師
印刷——勁達印刷有限公司
初版一刷——二〇一七年十月二十日
定價——新臺幣二八〇元
⊙行政院新聞局局版北市業字第八〇號

XIAO READING
晓读

國家圖書館出版品
預行編目 (CIP) 資料

年輕是這個世界最大的既得利益者 / 孫宇晨作 . -- 初版 . -- 臺北市 : 時報文化 , 2017.10　面；　公分
ISBN 978-957-13-7161-0(平裝)
855　　106017022

時報文化出版公司成立於一九七五年，並於一九九九年股票上櫃公開發行，
於二〇〇八年脫離中時集團非屬旺中，以「尊重智慧與創意的文化事業」為信念。